ペンギンと暮らす

小川　糸

幻冬舎文庫

ペンギンと暮らす

目次

「1」

本文イラスト　榊原直樹
本文デザイン　児玉明子

はじまりはじまり

1月5日

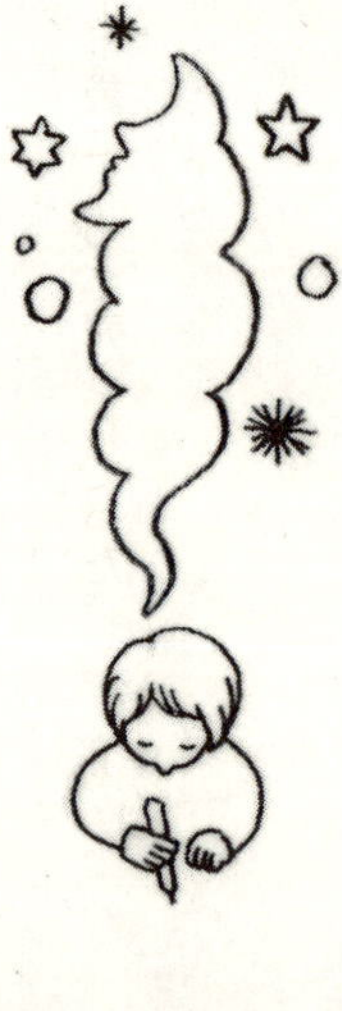

小学生の頃、まいにち日記を書いていた。

夜、家で書いた日記を次の日学校に持って行くと、先生がコメントをくれる。お話や詩みたいなものを書くと先生がとても喜んで感想を書いてくれたので、私は夢中になって日記を書いた。それが、今こうして物語を書いている私の、原点のような気がする。

だから、また日記を書いてみよう。

ところで、いつ頃からか私はペンギンと暮らしてみたいと思うようになった。鳥なのに空を飛ぶことができず、けれど泳ぎは上手でなんか不器用。ぽってりとしたおなかも愛らしい。けれど、東京でペンギンと暮らすのは無理。

そこで、同居人の夫をペンギンだと思うことにしたのである。

タコヘッド

1月6日

ペンギンの好物は、タコヘッド。

つまり、タコの頭。

スーパーで、タダ同然で売られているタコヘッド（願わくば明石産）を見つければ、必ず、条件反射的に連れて帰るのが、ウチの掟。

先日、おせちの材料を買いに魚屋さんへ行ったときのこと。

立派なタコが、適当な大きさに切られ、ビニール袋に入って売られていた。

けれど、どれも足ばかり。

だいたい、ムッチリした足3本で2000円くらいする。

「えー、頭ないのー」

すかさず、タコヘッド好きのペンギンの顔が脳裏をかすめ、魚屋の奥さんに直訴。

するとと数分後、奥から、ぞろぞろと大量のタコヘッドが登場した。

立派な頭が3つ袋に入って、500円。

安くて、しかもこっちの方がおいしいときたら、結果はもう決まっている。

私は嬉々として、タコヘッドを連れて帰った。

帰宅後、すぐに大量のタコヘッドを洗って切って、ゆずの絞り汁に投入。

地中海産の大型タコなので、量は十分にある。

そしてようやく、おせち用の酢だこが完成した。

何かを嗅ぎつけたのだろう、そろそろとペンギンがやって来る。

「タコヘッドだよ〜、おいしいよぉ〜」

勝ち誇ったように言う私。

ところが……、

「え———っ、全部頭!?!」

「もっちろん!」

「足は?」

「だって、頭の方が好きでしょう?」

「ちがうよ———!　僕はホントは足が好きなんだ———!!!」

どうやら、私が勘違いしていたらしい。

ペンギンは、頭が好物なのではなく、本当は足の方が好きなのだけど、足は高いから遠慮して、ふだんは安い頭を選んでいたとのこと。ごめん。

「お正月くらい、足が食べたい!!」言い張るペンギン。

そして、せっかく私が作ったばかりの酢だこ（頭のみ）を、どんどんその場で食べ始める。

全部食べてしまえば、新たに足の酢だこが食べられると目論《もくろ》んだらしい。

私はてっきり、ペンギンは、タコヘッドが好きなのだと思っていた。

12年もいっしょにいるのに、知らないことってあるんだね。

わが家のペンギン、今年は年男で還暦。

来年は、足の酢だこを作ってあげよう。

七草おこわ

1月7日

今日は風が冷たい。

ニュースでは、爆弾低気圧と呼んでいた。

ゆうがた、ペンギンとテクテク。

あまりの風の強さと冷たさに、私が家に帰りたいと申し出ると、無理やり腕をつかまれて、連行される。

見ていた人は、誘拐だと思ったかも。

でも、歩いているうちにだんだん体がポカポカし始めた。

空がきれい。

はるか遠くに、夕暮れ時の、ピンク色の富士山が小さく見えた。

目的地で中華を食べ（ペンギンはここの餃子が食べたかったのだ）、その後ふらりと和菓子屋さんへ入ったら、「春の七草おこわ」が売られていた。

そっか、今日は1月7日。七草がゆを食べる日だ。時期的にはもう少し先なのだけど。

（もっとも、本来は旧暦の1月7日だから、時期的にはもう少し先なのだけど。）


せり、なずな、ごぎょう、はこべら、ほとけのざ、すずな、すずしろ。

小学校のとき、春と秋の七草を暗記させられた記憶がある。

それにしても、開けてしまうのがもったいないくらい、ステキなパッケージに包まれている。

半透明の薬紙には、粒子の細かいお塩も添えられて、至れり尽くせりだ。

温めてお召し上がりください、とのこと。

中身の味を想像しながら、もう少し、パッケージをながめていたい気分。

湯たんぽ

1月9日

去年の暮れから、湯たんぽを使っている。

夜、お風呂を沸かすスイッチを入れたら、ストーブにかけている鉄瓶のお湯を注ぐ。

中に入れるお湯の温度は70度以上になってはいけないので、最初に水道の水を少し入れておき、そこに熱いお湯を入れる。

最初は調理用の温度計でいちいち70度を測っていたけれど、最近は適当にカンでお湯の熱さを決めている。

2／3以上入れてはいけないそうなので、あまり満杯にならないよう気をつけながら。

ねじ式のキャップをしっかりとしめたら、お布団の足元へ。

これがぬくぬくとして気持ちいいのだ。

お湯を入れるところはゴム製になっていて、外側はウールのカバーですっぽりと包まれている。

温かい水枕を想像していただくとわかりやすい。

ちゃぽちゃぽとして、なんだかペンギンのおなかに足をのっけているみたいな気持ちになる。

これは、オーストリアのスタイナー社製の湯たんぽ。

スタイナーは、1888年から続く、羊毛加工品の老舗だそう。

カバーには、メリノウールという、羊毛の中でも最高級とされる繊維の細いウールが使われている。

メリノウールとアルパカが半分ずつ。

もちろん、おうちでお洗濯が可能。

ほんと、ほっぺにスリスリしたくなるくらい、肌触りがいい。

色も、私は紫を選んだけど、赤やピンクやブルーやチェック柄もあって、ステキだ。

以来、足先がポカポカと温かいので、ぐっすりと眠れるようになった。

眠っている間に少しずつお湯の温度が下がるので、熱くて寝苦しいなんてこともない。

英語だと、Hot Water Bottle というらしい。

中に入れたお湯は、翌日洗い物に使っている。

グリンピース

1月18日

郵便局に行った帰り八百屋さんに寄ったら、グリンピースが売られていた。

鹿児島産で、しっかりとした皮の中は、豆でぷくぷくにふくれている。

「うわぁ、もうグリンピースの時期なんだぁ〜」と八百屋のおばさんに言ったら、

「もう春だもんね〜」という浮き浮きとした明るい返事がかえってきた。

そうだよなぁ、もう春なんだよなぁ。

八百屋さんに、絹さやとかスナックえんどうとかグリンピースとか独活《うど》とかの姿を見つけると、春だなぁ、と毎年思う。

今日は、雨が上がったら急に温かくなった。

ほんと、もう春がきそうだった。

桜も、ちゃくちゃくと蕾をふくらませている。

人参

1月19日

忙しいときほど、自分で作ったふつうのごはんが食べたくなる。
今日、新潟のスサさんから野菜が届いた。
大きなダンボールを開けた瞬間、なんだか森の中に迷い込んだような気持ちになる。
今回は、白菜と大根とじゃが芋と人参が入っていた。
この人参がすごいのだ。
食べた人みんながびっくりする。
甘くて、しみじみと大地の味がする。
さっそく、太めの千切りにした。
無農薬なので、皮もむかずにそのまま。
切ったそばから、ぽりぽり食べてしまう。

これに、少し塩をしてから保存する。
ここまで出来ているから、天麩羅や、きんぴらや、サラダに、すぐに使える。
そして、もうひとつのお楽しみが、葉っぱ。
スサさんは毎回、ふさふさとしたきれいな葉っぱをつけたまま送ってくれる。
これを、水をはった小皿に入れておく。
生きているんだなぁ、と思うと、かわいくて捨てられない。
昼間はたっぷりと日なたで日光浴して過ごしている。
見ているだけで、とっても幸せ。

カゴ

1月22日

やっと気持ちのよい青空。

きのう商店街を歩いていたら、雑貨屋さんの前で、「ちょいと、ちょいとそこのお姉さん」と呼び止められた。

「なあに？」と思って声の主《ぬし》の方を振り向いたら、カゴだった。

カゴだけは（というわけでもないんだけど）、目がないんだよなぁ。

一応、「ダメよダメ。うちはもういっぱいカゴがあるんだから！」と言ってみる。

だけどカゴの方も、「そんな冷たいこと言わないでさぁ、見てくだけでもいいんだからさぁ」と食い下がる。

結局お店の中に入って、お持ち帰りすることになった。

帰り道、ニヤニヤと、うれしそうに笑っているカゴ。

ペンギンがスタジオにお弁当を持って行くときにいいかも。
（と一応、ペンギンのため、を強調してみる。）
春になったら苺を摘みに行きたいなぁ。
野菜を入れておいてもステキかも。
とりあえず今は、本を入れている。
陽《ひ》に当たると、編み目が影になってきれい。
日本製だそうで、見た目よりもしっかりとした作り。
またカゴが増えちゃった。
末永く、よろしくね。

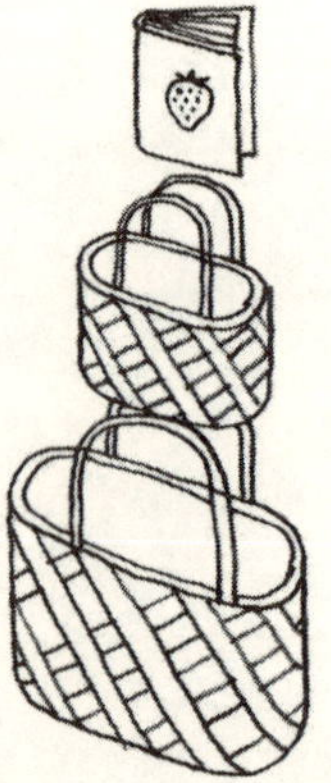

南極へ

1月23日

ペンギンは今日から南極へ出稼ぎに行った。（出張）

すごくでかくて泳げないペンギンを見つけたら、それはわが家のカナヅチペンギンだと思ってください。

しばし日本食とおさらばなので、昨日はお寿司をこしらえた。

フンパツして、毛ガニも。

いってらっしゃ～い！

理想の町と

1月25日

晴れ。

朝陽がきれいで夕焼けもきれいだと、なんだか得した気持ちになる。

最近、「理想の町」について、あれこれと考えている。

まず最初に頭に浮かぶのは、町並みがきれいなこと。

タバコをポイ捨てする人とか、細い路地を我が物顔でブブブブブと飛ばすバイクのお兄ちゃんとかが、いない所。

できれば、古い町並みが残っていたらいいなぁ。

それから、町の中を、川が流れていたらうれしい。

ごうごうと水をたたえた大河というよりは、ちょろちょろと水が流れるせせらぎ。

その川が、人の生活の一部に溶け込んでいたらいいなぁ。

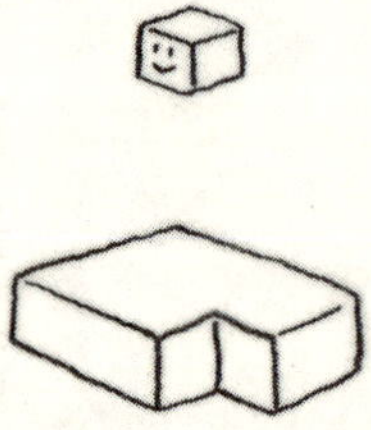

あと、車は持っていないし運転もできないので、散歩で歩いて行ける距離に、雰囲気のいいカフェがあれば最高。

本の森（図書館）も、近くになきゃ絶対にダメだ。

それから、おいしいお豆腐屋さん。

じつは今日も、お豆腐屋さんが閉まっていた。

数日前までは、「カゼのため」だったのが、今日は、「都合により、しばらく休みます」になっている。

やっぱりお豆腐屋さんは必須だ。

うちの周りにはお豆腐屋さんがたくさんあって、どの方向に散歩に出ても必ず手づくり豆腐が買えるのだけど、その店は、中でもいちばん贔屓《ひいき》にしているお店だった。

お揚げは10代の女の子の肌のようにしっとりし、絹豆腐はとろけそうなほど柔らかい。

おじさん、腰が悪くて一昨年手術したからなぁ。

たいへんなことになっていなければいいけど。早く治って再開してほしい。

紙屋悦子の青春

1月26日

一人暮らし最終日。

『紙屋悦子の青春』を見に行く。

『父と暮せば』の黒木和雄さんによる監督および脚本。

『父と暮せば』も素晴らしかったけれど、『紙屋悦子の青春』も素晴らしかった。

黒木監督は2006年4月に亡くなったので、この作品が最後の作品となってしまった。

昭和20年、戦争の下のつましい生活。淡い恋。

戦争をテーマにした映画はたくさんあるけれど、私は、黒木監督のアプローチの仕方は素晴らしいなぁと思う。

風景の撮り方や、キャスティング（今回は、原田知世さん、永瀬正敏さん、本上まなみさん、小林薫さんなどが出演)、会話のテンポ感、美しい方言。

戦争をテーマにしているのにそれを感じさせず、けれど戦争への憎しみがじりじりと伝わってくる。

冒頭の、病院の屋上での老夫婦の回想シーンもよかったなぁ。

ひとりデート　1月27日

夕陽を見に行った。

今日はすごく温かくて、春みたいだった。

急がなきゃ。

もうすぐ陽が沈んでしまう！

と思いながら、下のデリでラテとパウンドケーキを買って、エレベーターで4階まで上がる。

間に合った。

ベンチに座り、ラテをちびちび飲みながら、山の端に沈んでいく太陽を、じーっと見ていた。

雲があったけれど、ピカピカに磨いた銅のコインのような太陽は、じりじりと沈んでいく。

地球はこんなに早く回っているのか、と思ったら、なんだか気が遠くなった。

時間が経《た》つにつれて、カップルや子ども連れや老夫婦が、みんな屋上庭園にやって来た。

それで、みんなで太陽が沈むのを見守った。

沈むときは一気にすとんと落っこちる。

今日は、ぼんやり富士山も見えていた。

沈んでからも、名残惜しくて、おばさんとふたり、並んで余韻を楽しんだ。

こういうの、ひとりデートって感じ。

もうひとりの自分に、ステキな景色を見せてあげているような気持ちになった。

もうひとりの自分と、たくさんお話することもできた。

もうすぐ、ペンギンが帰ってくる。

お魚（お刺身）が食べたいらしいので、マグロ（ヅケ）と鰺《あじ》（酢〆）を用意した。

犬おばさん

1月29日

いつも行く散歩の道すがらに、犬おばさんの家がある。

新しい、とても大きな立派な家。

そのガレージで、一匹の犬が飼われている。

犬おばさんは、その前で、いつも犬と喋っている。

犬は、茶色のダックスフントで、耳には花などの耳飾り、寒くなるとコートみたいなのを着ておめかししている。

朝わりと早い時間にパンを買いに行くとき、お昼過ぎ魚屋さんに自転車を飛ばすとき、夕方テクテク歩くとき、私が前を通る時間はバラバラなのに、ほとんどたいてい、犬おばさんは犬と喋っている。

犬おばさんがいないときは犬もガレージにいないから、いっしょに出かけているか、家の中にいるのだろう。

とにかく、犬おばさんが犬といない日はほとんどない。


今日も夕方通ったら、犬は犬おばさんに抱っこされていた。

とにかく、犬にいつも話しかけている。

「今腰が痛いんだから、もっとゆっくり歩いてよ」

「そんなにごはん早く食べちゃダメでしょ」

とか。

たまには、腰を曲げて犬をおんぶしていることもある。

もう少し家族が話し相手になってあげたらいいのに。

なんて、前を通って犬おばさんの声を聞くたびに、コソコソ、クスクス。

とにかく、頭の中で発生した言葉が、ノーチェックで口から出てしまっているのだ。

だけど、そんなことを思っていた私だったけど、ペンギンがいない一人暮らしの間、なんと、気づいたら鉄瓶に話しかけていた。

鉄瓶に入れたお湯が沸いてカタカタとふたが鳴って、いわゆる「松風」が吹き始めたら、

「ハイハイ、そんなに騒がなくても大丈夫よ〜」

と話しかけていたっけ。

そして、話しかけた後、とてもスッキリとした気持ちになっていた。

もうペンギンが帰ってきたので、鉄瓶に話しかけたりはしないけど。

犬おばさんの気持ちが、ちょっとだけ理解できた。

パーティ

2月1日

今日から2月。

昨日に続き、ほかほかの陽気。

炊きたてのご飯を入れたお櫃《ひつ》にほっぺたをくっつけているみたいにあったかい。

日中は、窓を開けっぱなしでも平気だった。

なんだかもう、桜が咲いちゃいそう。

一昨日は、Fairlife のパーティだった。

イタリア料理屋さんを借りきって、総勢30人。

飲んで食べて歌って喋って、楽しい夜だった。

私の両となりは、イラストレーターのコイヌマユキさんと、NUUちゃん、がなはちゃん。

前は、chieさん、古内東子さん、アコーディオン奏者のパブロ（from アルゼンチン)。

みんな初対面で、内心、大丈夫かなぁ、と心配していたのだけど、めちゃくちゃ、打ち解けていた。

パーティの間中、「しあわせだなぁ〜」と、加山雄三みたいに何度も思った。

こんな素晴らしい方たちと一緒に、作品を作ることができたのだ。

なんてラッキーなことだろう。

昨日はスケジュールの関係で参加できなかったけれど、数週間前お食事をご一緒したゴスペラーズのみなさんも、それぞれ知的でステキな方たちだった。

近所の居酒屋さんでの二次会を終えて店を出たら、3時過ぎ。

あんまり楽しかったので、また、みんなと会えるといいな。

気合を入れなおして、今日からまたがんばろう!

(Fairlife というのは、私が、作詞家・春嵐として参加している音楽制作チームです)

さくらんぼ

2月5日

年末にMさんにいただいて以来、まいにち愛用しているのが、「チェリーピロー」。

中身はさくらんぼの種で、これを、電子レンジで1分半温めて使う。

寝るときにこの子を布団に持ち込んで、肩や腰、おなか、目の上などに置いて体を温めると、本当にぐっすり眠れる。

だんだん温度が低くなるから、熱すぎて眠れないということもない。

これは、チェリーブランデーを製造するときに使ったさくらんぼの種の再利用。

だから、電子レンジで温めると、ほんのちょっと（本当にほんのちょっと）、ふわぁ〜とブランデーの香りがする。

しかも、寒い冬だけでなく、夏は冷蔵庫で冷やしても使うことができる。

いただいたのはベルギー産だけど、日本でも、町おこしとかで作ってみたらいいのに。

お年寄りや、赤ちゃんなんかにも、安心して使えるからとっても便利だ。

仕事をしていて、ふと疲れたときも、肩やおなかに温めたこの子を当てるだけで、ずいぶん気持ちが和らぎます。

「チェリーストーンピロー」で検索してみてください。

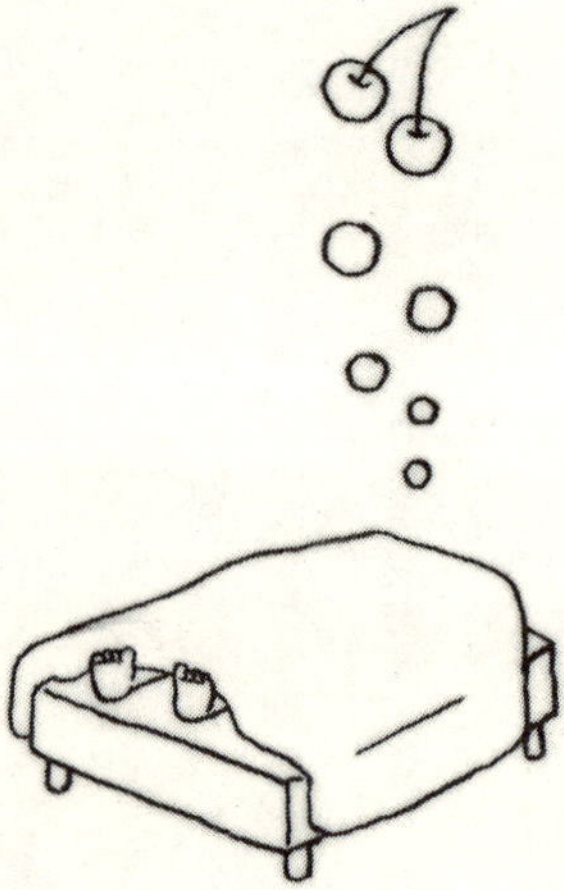

呼吸

2月7日

ヨガの教室に通っている。

先生はインドで修行をした女の人で、伝統的なインドのヨガを教えてくれる。

まだ数回しか行っていないのだけど、これが、心にも体にも、とてもよい。

前回、呼吸のことを教わった。

ヨガでは、呼吸をするのに口は使わず、すべて鼻を使う。

しかも、左と右で、意味が違うらしい。

左では「陰《いん》」の空気が出入りするのに対し、右は「陽《よう》」の空気が出入りする。

たいてい、人はどちらかに偏っているそうで、通りの悪い方で集中的に呼吸を行えば、バランスがよくなる。

たとえば、夜、心がザワザワして眠れないときは、右の鼻の穴を押さえて左に集中したり、逆に気分が落ち込んでしまっているときは、左を押さえて右の鼻の穴だけで呼吸したり。

ヨガをやるのにもっとも効果的なのは、朝と夕方。

それで私は、散歩中、きれいな夕陽が見えたりすると、道路でもどこでもヨガがやりたくなってしまう。

ナマステー。

マカロン

2月8日

春だなぁ。

ゆうがた、町をてくてく歩いていたら、唐突にそう思った。

ちょっと前だったら4時半にはもう暗くなっていたのに、今日は5時半でも、まだほんのり明るい。

路地を歩いていると、いたる所から梅の甘い香りが流れてくる。

日陰になっている所とか、ちょっとした環境の違いで、咲き方にずいぶん差がある。

梅って、ほんとにかわいい花だ。

大きなだいだいが、ぽんぽんとたわわに実っている木もある。

庭にだいだいの木があるのってうらやましい。

空き地には、楚々《そそ》と水仙も咲いていた。

だけど、冬なのに雪がないからゴルフができる、とか、暖房費が安くてうれしい、とか、喜んでばかりもいられないのだろうなぁ、地球規模で言ったら。

あんなにわが道を行っていたアメリカが突然重い腰を上げて環境問題に取り組んでいるのも逆に奇妙だし、本当にどうなっちゃうんだろう、と考えてしまう。

今までたくさん雪が降っていた場所に雪がぜんぜん降らなくなる、というのは、きっと、農作物とかにも影響が出るのだろうなぁ。

本日のおやつは、一口サイズのマカロン。

なんだか、「春」を食べている気分。

ハタハタのたまご

2月9日

庄内から一夜干しセットを届けてもらったら、ハタハタの干物が入っていた。

うろこがなく、つるりとした魚。

ふだんは海面から250メートルくらいの深海にいるが、この時期、産卵のため、深さ20～10メートルくらいの浅瀬に何百万尾もの集団で上がってくるらしい。

そこを、ざっくりと水揚げされたのが、今日、わが家の食卓にのぼったハタハタさん。

それにしても……。体の中のほとんど9割がたまごと言っても過言ではない。

秋田では、ハタハタのたまごは「ブリコ」と言って重宝されているらしいのだけど、身の部分はほとんどなかった。どうしてこんなにたまごが入っているのだろう？

体に占めるたまごの割合が、多すぎやしないだろうか？

きっと、生き物だからなるべくしてそうなっているんだろうな。

プラスチック容器

2月10日

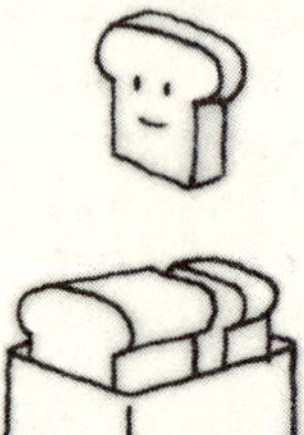

家から歩いて十数分のところに、おいしいパン屋さんができたのは去年の夏。以来、素通りできない関係になった。
あんぱんもメロンパンもクリームパンも、ワインのおつまみになるおしゃれなおかずパンも、とにかくすべてがおいしいのだけど、私のイチオシは、最近登場した、苺のデニッシュ。カスタードクリームがとろ〜りで、パイがサクサクで（かじると本当にそういう音がする）、パイ生地とクリームの間にほんのちょっとチョコレート味の生地が混ざり、苺は甘くフレッシュだ。
そして、これを買いに行くときに（他のパンの場合もそうだけど）必ず持って行くのが、プラスチック容器。
ペンギンがオーストラリアから持って帰ったものだ。

シドニーのレストランで食事をしたら、量が多くて食べきれず、それをテイクアウトし、そのまま日本まで持って帰ってきた。

これ、とてもしっかりと蓋《ふた》が閉まり、液体を入れても決してもれない。

オーストラリアでは、これが主流なのかしら？

じつは、このパン屋さん、味も雰囲気もとても素晴らしいのだけど、ひとつだけ私が以前から気になっていたのが、包装。

たぶん、袋に入れてしまってはつぶれるからという配慮でそうなっているのだろうけれど、毎回、菓子パンなどをプラスチックの容器に入れてくれる。

それで、いつも、もったいないなぁ、と思っていた。

日本のプラスチック容器って、一応はちゃんとしているんだけど、やっぱり繰り返し使う、というレベルにはなっていない。

それだったら、オーストラリアみたいに、ちゃんと何回でも使えるくらい丈夫なものがいいなーと思う。

今日もこれから、この容器を持ってパン屋さんに行こう。

お豆腐を持って帰るのにも、重宝している。

ヨガール

2月13日

築150年の古民家で行われるヨガ教室へ行ってきた。
今回は、タイ式のヨガ。
大広間の畳の上にごろんと横になり、みんなでヨガ。
ふたり組で、ふだんは絶対にやらないような動きをする。
たのしい。
縁側に光が差し込んで、気持ちいい。
体と心が、どんどんほぐれていく。
古い民家のエネルギーも、たくさんいただいた。
呼吸法をきちんとやるだけで、こんなに人生観が変わるなんて思ってもいなかった。
ほんと、ヨガを始めてから、生きていることがうれしくて仕方ない。

心がいつも、ニコニコしている。

終わってから、みんなでお茶を飲む。

お菓子もいただいた。

私は、桜餅を。

先生たちは、みんな若く、かわいらしい。

ヨガの教室に通うようになって、たくさんのヨガをやっている女の子に出会ったけれど、みなさん、肩の力がすーっと抜けて、自然体でステキだ。

そんな人たちを、略して「ヨガール」。

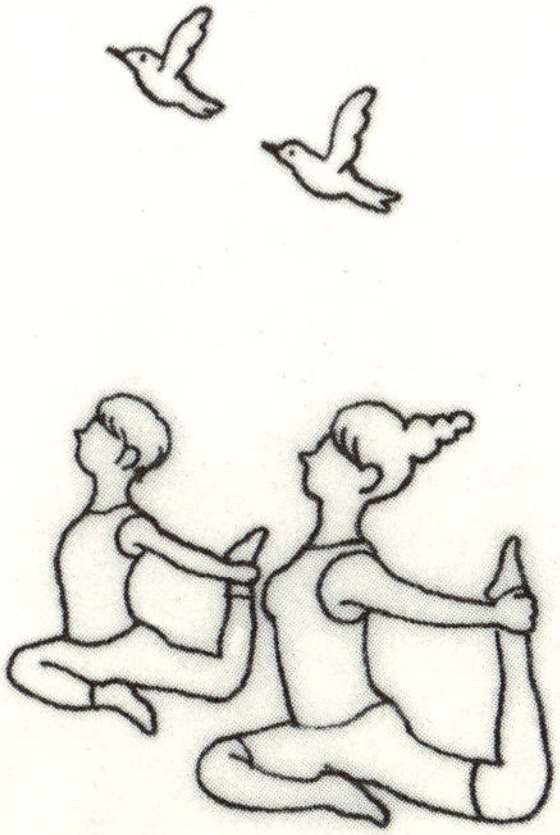

目白ちゃん

2月15日

今日は青空。
昨日の嵐が嘘のように、すっかり晴れている。
路地をテクテク歩いていたときのこと。
椿の花に、目白がくちばしを伸ばしていた。
まだ小さい。
なかよく、二羽でたわむれている。
かわいいなぁ。
それで、仲間に入れてもらおうと思い、鳥の鳴き真似をやってみた。
だけど、そのとたん、目白ちゃんたちは逃げて行った。
残念。

それにしても、ちいさな目白ちゃんは、ほんとにかわいかった。
今日は、ペンギンと久しぶりの「おデート」。
落語を聞きに行く。
立川談四楼さんの150回目を記念する独演会。
さっき、着て行くキモノも準備した。
おめでたいし、ちょっとだけピンク系の、草木染の華やかな紬《つむぎ》を選んだ。
手づくりのお弁当と、お酒を用意して、いざ出発！

でかまる子ちゃん

2月16日

このあいだ髪の毛を切りに行って、ようやく念願の、「まるちゃんヘアー」になった。

まるちゃんは、もちろん「ちびまる子」ちゃん。

前髪も短く、後ろはちょっと刈り上げのおかっぱ。

刈り上げた所が、まだツンツンして、触ると気持ちいい。

だけど、私はもうちっちゃくないから、「でかまる子ちゃん」だ。

日曜日の夕方6時、私が「ちびまる子ちゃん」を見ていると、ペンギンはいつも横から、そっくりだ！　と言って笑っている。

そういうペンギンは、友蔵おじいちゃんにそっくり！

だけど私は、今日もまた「まる子」をやってしまった。

電車に乗ろうと思ってお財布を開けたら、パスネットが見つからない。

家に戻って心当たりを探したけど、やっぱりない。
ありゃりゃりゃりゃりゃ。
5000円の、まだ買ったばっかりだったのに……。
あとは、あるとすればゴミ箱の中。
これから捜索活動を始めなきゃ！

蕗

2月17日

今日もヨガール。

基礎的な呼吸法を学ぶ夜のコースが修了したので、今回からは朝のレッスンになる。

土曜日の朝、人も少なく、太陽のエネルギーを感じながら歩くのは、とても気持ちいい。

これで、体も心もリフレッシュ！

今夜は、デザイナーのさかきばら夫妻とゴハン。

なんとなくバタバタしていたので、久しぶりにお客様にゴハンを作る。

やっぱり誰かにご馳走を作るのって楽しい。

今日は蕗《ふき》を買ってきた。

下茹《したゆ》でしたら、台所中に、ぽわ〜っとほろ苦いような香りが広がる。

あぁ、春なんだなぁ、としみじみ。

蕗って好きだ。
私は、蕗の皮を丁寧に取っているだけで、心が落ち着く。
そして今日も野菜のポタージュスープを作る。
今回は最後にほうれん草を入れてみた。
緑色の、こちらも春らしいスープになった。

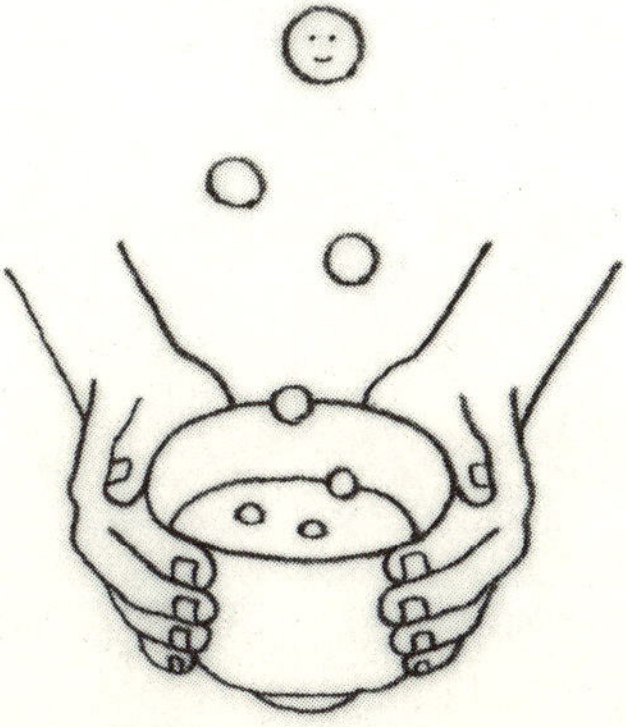

小鳥

2月20日

さらさらと、雨。

午後、本を読んでいてふと顔を上げたら、ベランダの手すりに鳥が二羽止まって羽を休めていた。

一羽は私の方に顔を向けて、もう一羽は向こうを見るような形で。

全体的に黒に近いグレーで、ほっぺのあたりがわずかにオレンジ。くちばしは真っ黒。

一分間くらい止まっていただろうか？

一羽が雨の中に飛び立ったら、もう一羽も追いかけるようにして飛んで行った。

すぐに野鳥図鑑で調べた。たぶん「ヒヨドリ」だろう。

なんてかわいいんだ。

また遊びに来てくれるといいな。

それにしても昨日は！

ステキな夜だった。

ステキなお酒をたくさんいただいて、私はいまだに、幸せの波の上をゆらゆらしている。

オカズさんの生み出す料理は、大らかで力強くて優しく、食べていると本当に満たされた気持ちになる。

当然だけど、やっぱり自分とは違う人の味がする。

あー、料理ってやっぱり奥が深い。

私、ぜんぜん修業が足りないかも。

そして、昨日でNUUちゃんをますます好きになった。

NUUちゃんのうたは、穏やかでいて、時に激しい。大自然みたいだ。

私は、そのNUUちゃんのふり幅が、とても素晴らしいなぁ、と思う。

明日、私はNUUちゃんと雪原へバードウォッチングに行く。

NUUちゃんのうたにも、鳥がたくさん登場する。

よく考えたら、「七面鳥のうた♪」も、鳥が主人公だ。

鳥たちにたくさん会えますように。

モンゴルだより？　2月22日

「NUUちゃん、はるばるこんな所まで来てしまったね！」

「ほんとだよ〜。空は青いし、空気もおいしい！」

「ふううう（深呼吸）」

「ぬううう（深呼吸）」

「たくさん、鳥たちにも会えたね」

「アオシギが、かわいかった〜！」

「森も、きれいだったね」

「ほんとほんと」

「バンザーイ！」「バンザーイ！」

苦手なこと

2月23日

今日は、雨。
私の苦手なこと、ベスト3は、
1位　インタビュー
2位　ラジオ出演
3位　写真撮影
インタビューは、緊張すると心臓がパクパクして、呼吸が浅くなり、声が出にくくなる。言いたいことの半分も言えず、終わってから、ああ言えばよかった、あれは違う、と後悔する。
特に、蛍光灯の下や、立派なお部屋、たくさん人がいる所でのインタビューは苦手。
ラジオ出演も、こんなことを喋ったら問題になるんじゃないか、とか、ヘンなことを言ったらどうしよう、とか考え出すと、もう何も言えなくなる。

写真撮影も、同じく。

カメラを向けられただけで緊張する。

そして、シャッターの音がすると、反射的に目を閉じてしまう。

本当は、そんなこと言っていられないのだけど……。

そして今日は、その苦手なことナンバーワンのインタビューがある。

だけどだけど、あまりに私が向いてないことを察してくださったのか、今日はこれまでと趣向が変わり、家でのインタビューなのだ。

あぁ、ホッとする。

しかも、ゴハン付きインタビュー。


これから、インタビュー弁当を作ろう。

内容はまだナイショなのだけど、ちょっと楽しい記事になりそうな予感。

ワクワク。

かえる

2月24日

朝、ヨガール。

空は晴れているけど、風が冷たい！

レッスンが始まる前、蛙《かえる》のことが話題になった。

ヨガのセンセイ、先日、道路で蛙を見たのだという。

しかも、小さい蛙かと思ったら、両手を離して、このくらいと言って、大きさを見せてくれた。

「えっ、そんなに大きいんですかっ？！？」

「そうなの、それがゴロゴロ道路にいっぱいいて、自転車でひきそうになって、怖くって……」

こんな時期に蛙？

暖冬が影響しているのだろうか？

冬に蛙なんて、見た記憶がないけど。

しかも、センセイ曰《いわ》く、今、蛙が危機的な状況にあるのだとか。

なんでも、蛙しかかからない病気が蔓延《まんえん》していて、このままでは、蛙の個体数が極端に減ってしまうらしい。

そして、蛙をエサにしている生き物というのがとてもたくさんいるので、それは蛙だけの問題ではなく、生態系全体に影響を及ぼすのだとか。

たいへんだ！

蛙の世界に、なにが起きているのだろう。

蛙のいない世界は、ちょっと淋しい。

ついに！　2月28日

結局、雨は降らなかったらしい。

今日は、ピカピカの青空。

きのう、ついに『パンと羊とラブレター』の見本盤が出来上がってきた。

あんまり嬉しいので、まだ、パッケージのビニール袋からも開けていない。

せっかくだから、発売日まで待とうかな。

あー、ワクワクする。

どんなふうになっているのだろう？

ここ数日、その宣伝活動で、怒濤《どとう》の忙しさだった。

だけど、苦手なインタビューも、周りの方のご配慮のおかげで、だんだん楽しくなってきた。

それに、コツもつかんだ。

目の前に、スサさんが作った人参があるだけで、ホッとするのだ。

私にとっては、無農薬野菜が一種の精神安定剤になるみたい。

なんてステキなことなんだ！

昨日は、人参をひたすら食べながら、インタビューに臨む。

それから、ナレーションにも初挑戦。

ＴＶスポット用の声。

言うことは限りなく少なく、まぁ普通に喋るような感じでやればよいとのことだったのだけど、なにせ初めてだし、かなり緊張してスタジオに行った。

だけど、一回でオーケーだった。

なんだ、楽しいじゃん！　ナレーション。な〜んてルンルンしながら、帰りに、代々木の商店街で、苺を買って帰ってきた。

あ〜、過酷な長旅だっただけに、感慨もひとしお。

すべての人に、感謝、感謝。

ふつうに暮らす

3月1日

今日は、快晴！

ほかほか日和《びより》なので、日中は、窓を開け放っている。

この間、インタビューで、「アルバムを制作するに当たって、何かやったことはありますか？」と質問された。

少し考えて、「ふつうに暮らしました」と回答。

きっと、期待されている答えとズレているんだろうなぁ、と思いつつ、私はやっぱり、ふつうに暮らすことが大好きだし、それがなかったら生きていけないなぁ、と思う。

朝起きたら柚子茶を飲んで、洗濯を干して、ペンギンと朝ごはんを食べ、お昼のニュースを見て、本を読んで、夕方は散歩に出かけ、夜ごはんを作って、またペンギンと一緒に食べて、寝る。

そういう何気《なにげ》ない日常の中に、いっぱい宝物が詰まっている。


今日は、お客様デー。

最近、忙しくてきちんと料理が作れなかったので、その鬱憤《うっぷん》を晴らすべく、朝からいろいろ作っている。

魚屋さんと八百屋さんとお豆腐屋さんをハシゴして、いっぱいいっぱい買ってきた。

メインはお寿司。

今晩のご馳走のために、一匹のカニさんが犠牲になります。

どうか、成仏してください。

今、最後のひとときを、一緒に過ごしているところ。

大石やゑさん

3月3日

気がつけば……ひな祭り。

うわぁ〜、と思いながら、ようやくマイお雛様《ひなさま》を飾る。

これは、庄内に伝わる鵜渡《うど》川原《がわら》人形。

酒田の大石家が、江戸の末期頃から鋳物製造のかたわら作り始めた土人形とされている。

見ていると、なんだかホッとする。

表情も、皆それぞれ違っていて、こっちまで和《なご》やかな気持ちになる。

毎年、この季節に会えるのが、楽しくて。

これを作ってくれたのが、大石やゑさんだ。

それぞれの裏に筆文字でサインが書いてある。

ただ、残念なことに、大石やゑさんもご高齢のうえ、継承者がいないらしいのだ。

なんて淋しいこと……。

このお雛様も、「もしかしたら最後かも……」と言われて、一年待ってやっと出会えた貴重なもの。

こんな素晴らしい文化、ずっと残ってほしいのに。

部屋が狭くて、一緒の場所に飾ってあげられないのが、ちょっと残念。

みんな、どうもありがとう！

今年も無事に会えてうれしいよ。

日曜日　3月4日

きのう気功の先生に見てもらったら、とにかく夜11時に寝なさい、と言われたので、昨日は10時半に布団に入った。

ムリかな？　と思ったら、ぐっすり眠れる。

中国残留孤児で日本語がちょっとしか話せない先生は、「ねずみの時間、だいじ」と言っていた。

あと、ペンギンを、「おとうさん」、私を「おじょうさん」とも。

ニコッと笑って帰ってきた。

ペンギンに報告したら、「ちゃんと訂正しろ」とのこと。

今日はぽかぽか。

ウチも、お隣さんも、窓を開け放っている。

お隣さんはきっとひな祭りパーティをしているのだろう。
平和な日曜日だ。
お隣さんからは、ママたちのおしゃべりと、子どもたちの笑い声。

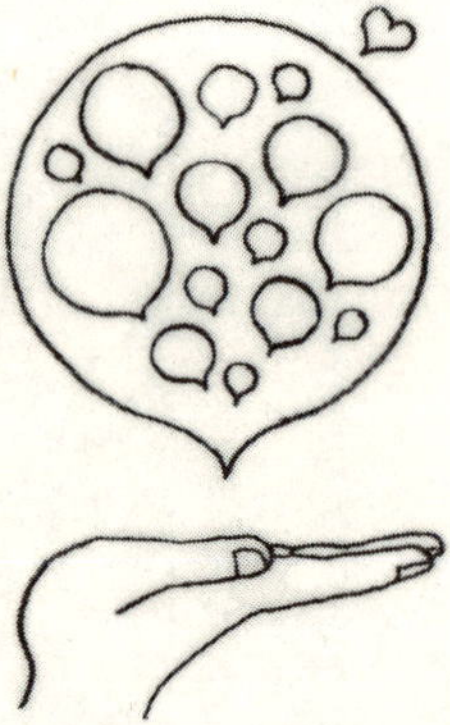

今日という日

3月7日

空が七変化。
まるで初夏のような天気になったかと思ったら、海辺にいるような暴風雨。
これじゃあみんな体調を悪くしてしまうよ、と思っていたら、私がダウン。
最初は花粉症かな？　と思ったのだけど、みるみる熱が出て、ノドが痛くなり……。
悪寒《おかん》と熱を交互に繰り返し、頭はぼんやり。
まるで、宇宙旅行のような2日間だった。

宇宙をさまよいながら読んだのが、『オンネリとアンネリのおうち』。
本当にキュートでステキな、すばらしい本。
また一冊、私の本棚に宝物が増えちゃった。

丸2日、家から出ていなかったのだけど、ゆうがた、外出していたペンギンから電話があり、カフェで落ち合う。

ちょうど、コーヒーが飲みたいなぁ、と思っていた。

宇宙旅行から帰還したばっかりで、風景が目に飛び込んでくる。

近所のスミレ畑。

お上品なノラ猫さん。

半鐘。

みかん。

小道。

しだれ梅。

夕暮れ。

そして、ウィンナーコーヒーを飲んで帰ってきたら、家の前の桜が、咲き始めていた。

みんなどうもありがとう。

スーパー花粉症

3月11日

すごかった。

数年ぶりに、お医者さんへ行った。

悪寒と高熱を交互に繰り返し、夜は咳《せき》がひどくて、ほとんど眠れない。

この一週間で、今までした咳の数をはるかに超えるゴホゴホ。

あまりに咳をしたので、ノドはおろか、腹筋まで痛くなった。

こんなにひどいのは絶対に花粉症じゃない！　と思って、フラフラしながらお医者さんへ。

アレルギー性のもの、と判断され、それでも「？」がとれず、ペンギンの主治医のセンセイにも診ていただく。

やっぱり花粉症だった。

去年まで苦しんでいた私の花粉症が赤ちゃんに思えるくらい、今回のこれは、スーパー花粉症だ。
年々ひどくなったら、どうしよう……。
それにしても、手厚い介護をしてくれたペンギンに感謝！

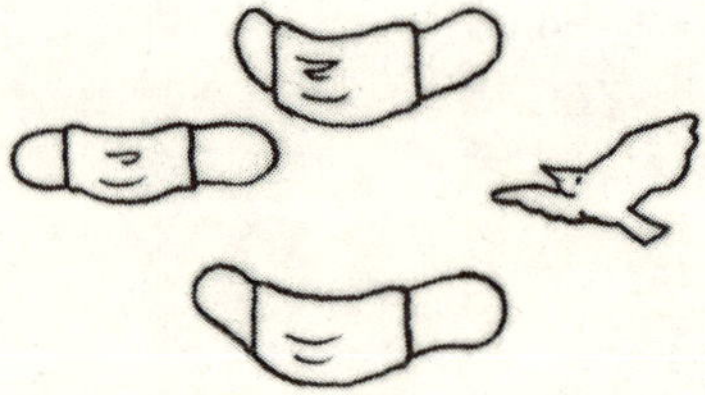

牛のげっぷ

3月12日

Cow's Belch Destroys the Human race.

牛のげっぷが人類を滅ぼす……

という話。

「牛などの反芻《はんすう》動物は、第一胃の中に存在する微生物の働きで、植物の繊維を発酵させ、消化吸収します。第一胃の微生物には、メタンを発生させるメタン菌が含まれます。

メタンは、同じ量の二酸化炭素より温室効果が二十倍も高いため、（途中省略）地球温暖化に関して無視できない量になっています。

つまり、畜産業を規制せず、家畜の肉を食用として利用していると、牛のゲップで出るメタンの地球温暖化作用によって、人類が滅びるかもしれないというわけです。」（『ベジタリアンの医学』より。）

こりゃ大変。

そこで、人類のとっている選択肢はふたつ。

その1、メタンが悪いなら、メタンが出ねぇクスリを牛にブチ込んでしまえ！

その2、牛を食べるのを減らそうかしら？

ちなみに、動物性たんぱく質の生産は、植物性たんぱく質の生産の、数倍から10倍程度、多くの耕地面積を要するとか。

北米の場合、家畜の肉から穀物と同じエネルギーを得るためには、家畜に最大10倍の穀物飼料を与えなくてはなりません。

ということで、そろそろ種まきしよっかな♪

あかり　3月13日

ハニカムシートキットをいただいた。

じつは随分前にいただいたのだけど、もったいなくて、ずっと「何かある日」までとっておいた。

袋の中には、四角い蜜蠟のシートと、芯《しん》、蜜蠟についての説明や、作り方の紙などが入っている。

紙には、

「まずはひとりぼっちの夜に
お試しいただけましたら幸いです」

と書かれている。

正方形の蜜蠟シートをちょきちょきとハサミで切って、芯を中央にしてくるくる丸めると、蜜蠟キャンドルができた。

部屋の電気をすべて消して、ドキドキしながら芯に火をつけると、ぼんやり、やさしい光がともり始める。

こころの中のザワザワやガサガサが、全部蜜蠟のあかりに溶けていく。

ミツバチが一生かかって集められる蜜の量は、たったの小さじ1杯で、蜜蠟を分泌するためには、10倍の量のハチミツを食べなくてはならないとか。

説明の紙に、

「この蜜ロウソク一本には、計算できない程のミツバチの労力がかかっているといえます。」

と書かれている。

ミツバチさん、どうもありがとう。

ファミリー

3月18日

昨日は、ファミリーのお客様だった。赤ちゃんは、ちょうど1歳のお誕生日を迎えたばかり。

何食べるかなぁ、と心配していたのだけれど、ふつうに大人用に作ったおつまみを、スイスイ食べていた。

ちゃんとどっちの顔にも似ていて、たくさん愛されていて、かわいかった。

昨日のスープは、最後にルッコラとレタスを入れたので、春にぴったりの淡いグリーン。

メインは、かに寿司。かに寿司は、不思議と赤ワインにもぴったり合う。

そして今日も、ファミリーが遊びに来る。

子どもの数、一気に増えて3人。だから、合計5人家族。

今、ゆずビスケットを焼いているところ。

ふつう

3月21日

曽我部恵一さんと、雑誌の取材でお話する。

とにかく曽我部さんのやられていることは素晴らしく、私は本当に心から尊敬しているのだけど、その中でも印象に残った彼のことば。

「僕は、自分の歌をうまく聞かせようとか、全然ないんです」

だから、ああいう自然な歌い方ができるのだな、と思った。

そして、「ふつうであること」というのが、共通のテーマだということもわかった。

「ふつう」というのは、つまり「自然」ということ。

私も最近、ずっとそのことを考えている。

簡単にいうと、「ふつうでいいじゃん！」みたいな感じ。

ふつう=自然であることは、本当に素晴らしいことなんだ、と思う。

そして昨日は、大好きなオカズデザインさんとウチでごはんを作って食べた。

ここでも私は、ふつうの料理を作った。

最近の私の料理は、本当にシンプル。

もうこれ以上引き算できません、ってくらい、ただ蒸す、とか、ただ焼く、とかになってきた。

それで十分だよなぁ、と思う。

それにしても、お土産にいただいた、シャンパンに合うチーズも、お肉の燻製《くんせい》も、菜の花ペーストも、とてもおいしかった〜。

気の合う人たちと、ゆっくりユラユラごはんを食べるのが、私の中では一番の幸せ。

アーミッシュ

3月25日

今、とても気になっている人たちがいる。

彼らの名は、「アーミッシュ」。

北米大陸に、いくつかのグループに分かれて、電気も車も使わず、昔ながらの生活を営んでいる。

まず驚いたのは、消費天国アメリカに、そんな人々がいるということ。

だいたい、アメリカとカナダに、全部で15万人くらいいるらしい。

大草原の小さな家のような、自然と一体化した慎ましやかな生活。

華美なものを嫌い、自分を誇示したりもしない。

かと言って、新興宗教のような胡散臭《うさんくさ》さもない。

ただ、人と自然が寄り添って暮らしている。

その生き方が、今、注目されているのだと思う。

男の人は、白いシャツに黒いズボン。頭には、麦わら帽子か、フェルト帽。

女の人は、鮮やかなブルーのスカートに、紫色のエプロン。頭には、白いケープ。

家のドアもブルーだったり、なんだかとっても洗練されている。

シンプルに暮らす、というのを突き詰めると、きっと、こんなふうな形に行きつくのかもしれない。

たぶん、自分たちの生活を守るためには、たいへんな苦労や努力もしなくちゃいけなかっただろうし、理解されないことも多いと思う。

でも、アーミッシュの人たちに学ぶことは、たくさんあるだろうな、と思う。

そして、そんな人たちを、アメリカがきちんと法律で守っていることは、素晴らしいことだ。

3度

3月28日

熱が出た。

ちょっと遠出して外出先から戻ったら、寒気が止まらない。

尋常じゃない悪寒で、布団の中でぶるぶる震えていたら、今度は暑くて目が覚めた。

全身がほてっている。

這《は》うようにして引き出しから体温計を取り出し測ったら、39・2度だった。

その後、悪寒と高熱を繰り返す。

夜、ペンギンがライブから戻ってきたので（RADWIMPS《ラッドウィンプス》のライブは、すこぶる最高！だったらしい。私はそんな訳で行けなかったのだけど）、タクシーで夜間でも診てくれる救急病院に連れて行ってもらう。

絶対にそんな長い棒は入らないよう、というくらい長い綿棒のようなものを鼻に入れられ、検査。

時間が浅いとまだインフルエンザと判断できない場合もあるらしく、風邪かインフルエンザかは不明。

お薬をもらって帰宅。

それにしても……。

私は地球の気持ちがやっとわかったかもしれない。

気温や海水が数度上がることが、どれほど辛いことなのか。

私なんて、たった3度ふだんより上がっただけで、もう日常生活はさっぱり送れないもの。

メルボルン近郊の自然はすっかり枯渇し、50年前までは湖だったところが、今はすっかり干上がってしまっているという。

花粉症と風邪で、今月はほぼ一カ月ずっと咳をしていることになる。

その間、ペンギンが、かいがいしく看病してくれた。

今日は、ペンギンの作ってくれたお揚げの煮たのを初めて食べた。

おいしい。

ひらひら

3月30日

百年分の洟《はな》をかみ、千年分の咳をしている。
昨日は、咳で一睡もできなかった。
そして今日になったら、今度はまた39・3度の高熱。
花粉と風邪が体の中でせめぎ合っているみたい。
花粉症が優勢のときは咳がひどいのだけど、風邪が優勢になると、熱が出る。
熱が出ると、とたんに咳は止まる。
その代わり、ガンガンと体がほてってて、サウナにいるみたいに大量の汗をかく。
どっちがいいか、どっちも辛い。

今日は、ペンギンがレトルトのカレーを温めてご飯にのっけてくれた。

添加物が一切入っていないインドカレーで、すごく辛いのだけど、なんとなくこの辛さが体の中の悪いものをやっつけてくれるようで、頼もしかった。

熱で呆然としながら布団に入って空を見ていたら、ひらひらと白いものが落ちてくる。

まさかと思ったのだけれど、やっぱり桜の花びらだった。

まだ一回も満開の桜を見ていないのに……。

ちょっと、浦島太郎になった気分だ。

早く治りたい。

大事な仕事を抱えているので、濡《ぬ》らした手《て》拭《ぬぐ》いを頭に巻いてがんばっている。

気合だー、気合だー。

お花見

3月31日

今なら大丈夫そう！　と体が教えてくれたので、午後、厚着をしてちょこっとだけ桜を見に行ってきた。

今年も会えて、うれしいよ。

菜の花ご飯

4月1日

お昼、オカズさんが、菜の花ご飯を作ってはるばる自転車で届けに来てくれた。

じつは寝込んでから、ろくなものを食べていない。というか、ぜんぜん食べられなかった。

袋を見たら、ご飯の他に、かぼちゃのスープと、オレンジも。

胃袋から、驚異的なたくましさで、食欲が芽を伸ばす。

ずっと、スープが飲みたいと思っていた。気持ちが通じちゃったみたい。

菜の花ご飯には、刻んだ菜の花と干し桜エビが入っていて、じんわり春の味。

かぼちゃのスープには、かすかに山羊《やぎ》バターの香り。あぁ、体のすみずみまで沁《し》みわたる。

体は辛いけど、友達が心配してメールをくれたり、心があったかくなることもたくさんあった。

花市へ

4月7日

今日は楽しみにしていた花市の日。

東京などで物づくりをしている作家さんたちが、お寺の境内に集まって縁日をするのだ。

場所は、狛江《こまえ》にある泉龍寺。

お花が咲き乱れる境内には、この日を楽しみにしていたたくさんの人たち。

みんな、目がキラキラ輝いている。

私は、みゆきちゃんと天然酵母を使ったパン作りのワークショップに参加。

天然酵母はやってみたいなぁ、と思っていたのだけど、いつもイーストを使っていた。

センセイが、様々なものからおこした酵母を見せてくれる。

バナナ、黄金柑、桜、プチトマト、など。

それぞれ匂いをかがせてもらう。

とても難しく考えていたけれど、センセイが教えてくれたのは、とてもシンプルだった。

これなら私にもできそう、と、ちょっとうれしくなる。

そして今日は、苺の酵母を使ってパンを作った。

青空の下で生地をこね、タッパーに入れて持ち帰り、今、発酵させているところ。

生地からは、ほんのりと苺の甘い香りがする。

うまく焼けるといいんだけど。

えんぴつ

4月8日

ゆうがた、ペンギンと選挙。

近所の小学校へ、てくてく。

投票用紙をもらって、小さなブースで候補者の名前を書くとき、いつも、「あ、鉛筆だ」と思う。

ふだん仕事をするときはパソコンだし、たまにノートに文字を書いたり手紙の宛名を書くときも、サインペンを使う。

考えると、私の生活で鉛筆を使うのは、選挙くらいだ。

ブースに置いてある鉛筆は、どれもしっかりと先まで尖っていた。

それで、欄いっぱいに、大きく名前を書く。

なんだか、小学1年生の「書き初め」みたいだなぁ、と思う。

選挙大好き人間の私としては、開票する時間のドキドキが楽しいのだけど、最近は、あっという間に結果がわかって、つまらない。

今日も、ものの数分で当選確実の速報が出た。

ちょうど誰が当選したかわかった頃、パンが焼けた。

昨日の夜からじっくり発酵させた、天然酵母パン。

焼いている間、オーブンから、ふんわりと苺の香りがして幸せだった。

やっぱり、苺の酵母を使ったからか、苺のジャムをつけて食べたくなる。

焼き立ては特に絶品だった。

ashes and snow

4月11日

少し元気なので、渋谷からの帰り、お台場まで足を延ばし、ashes and snow を見てきた。

152個ものコンテナを組み上げて作られた仮設美術館。

風が吹くと、和紙にプリントされた写真がかすかに揺れて、ますます幻想的な雰囲気になる。

ひざまずく象の前で本を読む子ども。

豹に寄り添う少年。

どの写真も、こんなふうに人と動物が寄り添えるんだぁ、とため息がこぼれる。

それぞれの生き物と、そして人間の美しさに、なんだか胸がきゅーんとなった。

そして、家に戻ってから野菜のポタージュスープを作る。

元気がないときは包丁を持つことすら億劫《おっくう》だから、少し回復したということかな。

世界には、まだまだ美しいものが残っている!!!

体ちゃん

4月12日

とても久しぶりに、いつもの散歩道をフルコースで歩いてみる。

あぁ、すっかり葉桜。光が目にしみる。

じつは、少しビックリ！　することがあった。

3月初め頃から咳が止まらず、いくつか病院を回っても、花粉症と診断されていた。

毎年この時期そういう症状は出るから、自分でも花粉症だと思っていた。

けれど、今年は尋常じゃない咳で、いくら薬をもらっても治らなかった。

耳鼻咽喉科、内科、アレルギー科。

病院嫌いでもう何年も行っていなかった私が、この一月《ひとつき》でたくさんの病院に行き、たくさんの薬を飲み、大嫌いな採血までして、検査した。

その結果わかったこと……。

私は、花粉症ではなかった。

スギもヒノキもハウスダストも、関係なかった。

そして、原因は今もわからないままなのだけど、おそらく、「ストレスでしょう」とのこと。

そのことに、自分でビックリした。

でも、最近増えているらしい。

お医者さんは、「半年間ずっと咳が続いていた患者さんが、嫌いな上司が職場を辞めていなくなった午後ちょうどに、ぴたりと咳が止まった人もいます」と話してくれた。

体って、まだまだわからないことだらけで、本人が思ったり感じたりしている以上に、敏感に反応しているらしい。

そうだったんだ……。

私の体も疲れていたのね。

そして、そのことをふーっと納得したら、体が前より少し軽くなった。

体ちゃん、いつも私を守ってくれて、ありがとう。

眠り餃子

4月14日

夜中、ペンギンがくさやを食べていた。
うめぇ、うめぇ、と言って、私の枕もとにまで持ってくるので、顔をそむける。
くさや、未来永劫わかりたくない味覚のひとつかも。
今日は、最高の料理日和。
24度まで気温があがる。
来週、お客様が多いので、その準備にいそしむ。
冷凍しておけるので、餃子を作ることにする。
窓を開け放って餃子の皮を作っていると、のほほんとした風が入ってくる。
気持ちがいい。
そして、皮をこしらえながら、どんどん眠くなる。

眠い。眠い。

でも今作業をやめるわけにはいかない。

眠い。眠い。

きっと、この餃子を食べた人は眠くなるんじゃないかな。

豚肉とエビ、クレソン、椎茸の具をなんとか皮にくるんで、手を洗ったらそのまま布団にもぐりこんだ。

気づいたら、窓の向こうに星がキラキラ。

空気がぬるくて、なんだか初夏の夜空を見ている感じ。

シュワシュワと泡の立つ、炭酸の冷たい飲み物なんかが欲しくなる。

Little DJ

4月16日

『Little DJ』を読む。

自宅と所沢を往復する電車の中で、何度も泣きそうになった。

最後に涙がじーんと出るような作品はたくさんあっても、物語の最初からこんなふうに感じてしまうのは、なんだか珍しい気がした。

ずっと同じテンションで、淡々と物語が進んでいく。

けれど、電車に乗っていたということもあるのだろうけど、ギリギリのところで、涙が落ちない。

それがまた、心地よかった。

悲しいお話なのに、幸せが、ぎゅっといっぱい詰まっている。

表紙になっている、（中川）正子ちゃんの海の写真もすごくいい。

ざぶ〜ん、ざぶ〜ん、と、今にも波の音が聞こえてきそう。
主人公と同じ年代の小学校高学年の子にも、読ませてあげたい。
読書感想文の課題図書とかになったらいいのに。
本当にすてきな本だった。

ふきのとう

4月18日

新潟で有機野菜を育てているスサさんから、ふきのとうが届く。

大きな段ボールを開けた瞬間、ひんやりと冷たい山の香りがする。

たくさんあるので、さっそく料理した。

ふきのとうは、まず蕗味噌に。

それから、最近「自家製酵母」にはまっているので、ふきのとう酵母をおこすべく、密閉瓶にスタンバイ。酵母、ちゃんとできるかな？

ふきのとう酵母で作ったパンは、どんな味になるんだろう？

あとは、これから天ぷらにして食べる予定。

私は、蕗味噌をパンにつけて食べるのが好き。

田舎風のパンとか、フランスパンとか、もっちりとした天然酵母のパンとかに、すごくよく合うと思う。

朝ごはんとか、ワインのおつまみにもいいし。

コロコロと丸くて、ちょっととぼけた感じのふきのとうは、なんだか見ているだけでニコニコしてしまう。

かわいい。

野田君

4月19日

今日は、お客様。

RADWIMPS の野田洋次郎君がやって来る。

野田君とは、今年の1月にいっしょにゴハンを食べた。

私より一回りも下なのに、大人びていて、なんだか年上の人と話をしているみたいだった。

野田君は、RADWIMPS というバンドのボーカルで、作詞作曲も彼がやっている。

ラッドの音楽を初めて聞いたのは3年くらい前だったけど、そのときの衝撃と言ったら
……。

天と地がひっくり返りそうなくらいだった。

とにかく、詞がすっごくいい。

私はどうしても言葉が耳に入ってしまうからそうなのだけど、音楽的にも、ものすごーく

高度なことをやっているのだそうだ。
わが家では、「日本のジョン・レノン」と呼んでいる。
ラッドの歌を聞いたら、ちいさな悩みとか、ふっとんじゃう。
あ〜、これでいいんだなぁ、って思えてくる。
楽しくて、幸せで、ハッピーになれる。
今日は、野田君に、たけのこのお味噌汁を作ってあげよう。

筍ごはん

4月20日

下のスタジオで、5月4日のミュージックデーの打ち合わせをしているので、夜のお弁当をデリバリー。

メインは、筍ごはんのおむすび。

おかずは、キャベツのお新香と、筑前煮と、こごみの胡麻和え。

そのまま、ピクニックにでも行きたくなった。

その後、期日前投票へ。

区長と区議会議員。

区長は3人の候補者の中から選ぶからまだいいとして、区議会議員は難しい。

あんなに大勢いる中から、たった一人を選ばなくてはいけないのだもの。

わが家の周りには大きな集合住宅がたくさんあるので、絶好の演説スポット。

連日、候補者が訪れては、マイクで遊説。
とは言っても、すべての候補者の演説を聞ける訳でもないし、どうしたものやら。
それと、選挙カーで名前を連呼するだけの選挙活動。
あれも、どうにかならないのかな？
期日前投票所には、すごくたくさんの係りの人がいた。
ごくろうさまです。

いきましょう

4月24日

近所に、素敵なレストランができた。

その一角はとても不思議な場所で、昭和40年代にタイムスリップしたみたいな雰囲気を漂わせている。

何度も店名の変わるスーパーや、衣料品店、金物屋、花屋、お蕎麦屋さんなどがひっそりと並んでいて、慣れるとそうでもないのだけど、最初に足を踏み入れた人は、みな一様にびっくりする。

だから私も、そんな場所にそんなお店ができているなんて、知らなかった。

オープンしたのは去年の秋だというのに、知ったのは数日前。不思議な店名と、木の看板に魅せられて、スーッと吸い込まれた。

試しにテイクアウトの天然酵母のパンを買ったら、それが見事においしかった。

それで昨日、ペンギンとごはんを食べに行った。

オープン時間は、朝の8時から、夜の7時。

その間ずっと開いていて、パスタセットやフランス料理のコースが食べられる。

お店の中には大きなオーブンがあり、ガラスケースには、パンの他、パテやサラダ、ケーキなどが並んでいる。きりっとコック服を着た男の人が一人でやっているフレンチレストランだ。

そしてペンギンとふたりでびっくりした。

人参のポタージュスープのおいしいこと。筍と生ハムのパスタも、前菜の盛り合わせも、鶏肉のソテーも、デザートのケーキも、コーヒーも、赤ワインも、すべてが完璧すぎる味だった。

きっと、どこかできっちり修業をなさったのだと思う。

最初から最後まで、ブラボー。

しかも、とってもお手頃。

1000円前後で、コースが食べられる。

いいお店見つけちゃった。

長うさぎ

4月25日

DEE'S HALL の、木像を彫るというワークショップに参加した。

教えてくださったのは、前川秀樹さん。

前川さんの作品は、本当に、見ているだけで心が奪われそうになるくらい、清楚《せいそ》で美しい。

彫刻刀を持つなんて、小学生以来だった。

私は、もともと木に表情がある流木を使って、木像を彫る。

先生が簡単にさらりとやってしまう一つ一つの作業が、どれもすごく難しい。

朝10時から夕方5時まで。

ほとんど休憩もとらずに木と向き合って作った。

題して、「長うさぎ」。

長うさぎさんは、お金持ちの奥さまの家で家政婦をして働いている。

赤いエプロンがトレードマーク。

だけど、決して急がない。

お鍋の中のスープがどんなにグツグツ煮えていようが、郵便屋さんが呼び鈴を鳴らそうが、長うさぎさんはいつだってのんびりと行動する。

そして、窓の向こうの夕陽を見たりして、いつも、ほーっとため息をついている。


作りながらイメージしたストーリーは、こんな感じ。

家に持って帰って机の上に置いてみた。

置いてみたら、じつにしっくりなじんでいる。

慌てていたり、心がギスギスしているときでも、長うさぎさんを見ると、のほほんとしたゆるやかな気持ちになる。

太巻き寿司

5月1日

昨日に引き続き、今日も、ミュージックデーのリハーサルをやっているので、お弁当をデリバリー。

今日は、太巻き寿司に挑戦した。

ずっと、作りたいなぁ、でもちょっとめんどくさそうだなぁ、と思い、結局作っていなかったのが、太巻き寿司。

うちはこの太巻き寿司がかなり好きで、今日は忙しいから何かを買って帰ろう、というときは、たいていお寿司屋さんの太巻き寿司が選ばれる。

にぎり寿司もそうだけど、太巻き寿司も、やっぱりシャリが命。

さて、昨日から、干ぴょうと椎茸をコトコト煮て準備しておいた。

具は、干ぴょう、椎茸、卵焼き、きゅうり、海老おぼろ。

カリフォルニアロールとか、変にいろいろ具が入っているのは、ちょっと苦手。

巻きすの上に海苔（ペンギンが築地で買ってきた特上海苔、のハネ海苔）を置き、酢飯を均等にのせて、その上に具を並べ、くるくる。

頭ではわかっているのだけど、これが案外むずかしい。

最初の方は、酢飯の量の加減がわからなくて妙に細くなった。

具が真ん中にならなかったり、逆に酢飯が多すぎたり。

母は、遠足とか何か行事があるたびに太巻き寿司を作ってくれた。

くるくる、巻きすではなく、新聞紙を使って巻いていた。

自分でやると上手に巻けなくて、何度も、「太巻き寿司じゃなくて、手巻き寿司にしちゃおうかなぁ」と弱気になる。

それでも、最後の2本くらいで、やっとコツがつかめて、イメージ通りの太巻き寿司になった。

今後、太巻き寿司のマイブームがおとずれそう。きれいな祭り寿司が作れるくらいに、腕を上げたい。

ゆびわ

5月2日

ふだん、指輪はほとんどつけない。
家事をするのにじゃまになるし、つけるとなんだか指がムズムズしてしまう。
だから、結婚指輪もしていない。というか、持っていない。
だけど、指輪を買った。一目ぼれだ。
花と鳥。大好きなモチーフが、ふたつ並んでいる。
なんだかちょっと大きいけど、久しぶりの指輪に、にんまりしている。

こいのぼり

5月5日

今日は風が気持ちいい。

連休中の小学校の前を通ったら、校庭にこいのぼりが泳いでいた。

大きな口からたっぷりと風をはらんで、ゆうゆうと泳いでいる。

そうだ、今日はこどもの日だ。

それで帰りに、ペンギンと和菓子屋さんに寄って、「ちまき」と「柏餅」を買って帰った。

未来を変える80人

5月6日

今日は雨。

家にこもって、『未来を変える80人』を読む。

この本は、シルヴァンとマチューというふたりの若きフランス人青年が、440日間をついやして、38カ国、100人を超える起業家を訪ね歩いた旅の記録。

取り上げられている人物は、どの人も、周囲から変人扱いされながらも、確固たるポリシーを持ち、人の力や想像力で世界をよい方向へ変えられると信じている。

そして、実際に変えている。

よく、経済活動と環境問題は対立するものだと言われているけれど、この本に出てくる人たちは、見事にそれを覆してみせた。

その行動力は、本当にすごい！

ヨーロッパでエコロジー洗剤を普及させたエコベール、バングラデシュで貧民にお金を貸しマイクロクレジットを成功させたグラミン銀行の創業者、日本からアジアに合鴨《あいがも》農法を広めた有機米のパイオニア、100％メイドインUSA、しかもオーガニックコットンのTシャツを全米に広めたアメリカンアパレル、などなど。

今や国家的なプロジェクトとなっていることでも、最初はほんの小さな資本からスタートしている。

信念を貫いて、ヒーローやヒロインになった人たちのサクセスストーリーを読んでいたら、どんどん勇気と希望がわいて明るい気持ちになった。

地球温暖化、環境破壊に嘆いているだけじゃなくて、とにかく行動をすることだ。

ゴミの分別・リサイクルを徹底し、極力マイカーは避け、公共の交通機関を利用すること。

それだけでも、十分、未来を変える力になる。

お豆腐とバナナ

5月8日

昨日から、私の口の中が大変なことになっている。

「矯正」を始めたのだ。

歯並びをきれいにするのはもちろん、ずっと悩まされてきた嚙み合わせの問題を、なんとか解決したい！　と思い、決心した。

やってみたら、想像していたほどは圧迫感もなく、口の中の違和感も、まぁそのうち慣れるでしょう、という程度だった。

なぁんだ、と思って、歯医者さんからの帰りも余裕しゃくしゃくの笑顔だった。

帰ってきて、まっさきにペンギンに自慢したほど。


けれど、甘かった。

「ごはんも、ふつうに何でも食べていいですよ」
という先生の言葉を鵜呑みにし、さっそく、揚げたてのたらの芽の天ぷらを口に入れたら
……。

ありゃりゃりゃりゃりゃ。

ぜんぜん、上手に噛めないじゃないの！

「噛む」ことが、こんなに大変なことだったとは、知らなかった。

歯の不自由な、お年寄りの気持ちが身にしみる。

今の私は、お煎餅なんて、もう見たくもないし、食べるのを想像するのさえ苦しくなる。

今日は、一杯の玄米粥を食べるのに、一時間くらいかかった。

まだ上だけだから、上下両方やったら、どうなってしまうのだろう？

とりあえず、当分の間は、お豆腐とバナナが主食になりそう。

豆乳をたくさん飲んで、こまめに栄養補給しなくては。

パンズ・ラビリンス

5月9日

試写会へ。

『パンズ・ラビリンス』を見る。

舞台は、1944年のスペイン。

内戦が終わっても、ゲリラたちは圧政に反発し、血なまぐさい戦いが続いている。

そこへ、ひとりの少女が迷い込むのだけど……。

美しさと残酷さが究極まで混ざり合った、ダークファンタジー。

現実と幻想が、見事に交錯する。

怖くて目をそむけたくなるシーンもたくさんあったけれど、それでもなお映像は鳥肌が立つほど美しく、最終的には、命の尊さを訴えている。

先日見に行った『ブリッジ』という映画も、『パンズ・ラビリンス』も、どちらも命の大切さがテーマになっているけれど、まったく対照的で、表現方法によってこうも見え方・受け止め方が違うのだな、とちょっとびっくりした。

今日は、見終わってから、一粒の希望のようなものを手のひらにもらった気がする。

それにしても、いまだに人間が暴力によって物事を解決しようとしているなんて……。

まだ、心臓がドキドキしている。

夢の中に、ベイルマンが出てきたら、どうしよう。

バラとカラス

5月11日

夕方、本の森へテクテク。

じっくり観察しながら歩いていたら、施設の花壇に、エレガントなバラが、たった一輪だけ咲いていた。

ほほほほほ、と口元を隠して微笑んでいるような感じ。

色は、薄い紫。

枝も細くまだ小さくて、ふと、『星の王子さま』に出てくるバラのことを思い出した。

今日は風が強いから、ガラスの囲いで守ってあげたくなった。

細い路地を歩いていたら、今度は立派なバラの花にも遭遇した。

つい最近まで葉っぱも何もなくて、とげとげしい枝だけが生えていると思っていたら、てかてかとした葉っぱが生い茂り、見事に花が咲いていた。

このお宅は、毎年ほんとうに立派に花を咲かす。

何メートルにもわたってブロック塀に沿わせて咲く姿は、見ていてほれぼれする。

花の色は、薄いピンク。

「バターケーキの飾りのお花」を連想するのも、もう毎年のこと。

そして空を見ながら気持ちよく歩いていたら、カラスが、ねずみを捕まえて飛んできた。

うわぁ～、食べるのは自由だけど、私の上に落とさないでくれよ！　と数秒間、必死に祈った。

明日は久しぶりのヨガール。

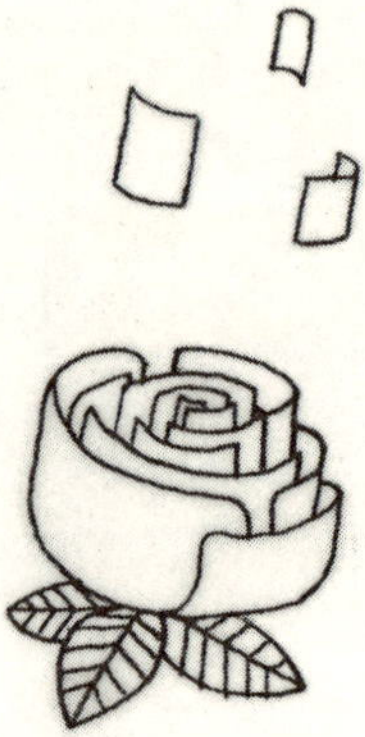

宇宙の空間

5月14日

1971年。私が生まれるもっと前にレコーディングされた、ペンギンのソロアルバム。当時は、アナログ盤として発売された。タイトルは、『A PATH THROUGH HAZE』、宇宙の空間。

ヨーロッパでは海賊盤まで出るほどで（枚数が少なかったかららしいのだけど）、一枚ウン十万で取引されていたらしい。

それが、5、6年前、CDとして再販され、更に今度は、別のレーベルから、また新たに再再版された。しかも、なんといってもペンギンはこれがうれしいらしいのだけど、スウェーデンのレーベルからも発売された。

デザインも違っていて、スウェーデンの方が、カッコいい。

日本から再再版された帯には、こんなふうに書かれている。

「ミスター廃盤、日本を代表するギタリスト（断言！）水谷公生の唯一のソロアルバム。佐藤允彦《まさひこ》とのコラボは常人には理解し難い領域に達する説明不能の世界。まさに水谷の天才ぶりがジャズ・ロックの名盤として昇華した真の名盤。ブルージーなジャズ・ロックからアヴァンギャルドなハードロックまで、まさに1971年の伝説です。」

私も、ペンギンと付き合い始めた頃、レコードでこれを聞かせてもらったときは衝撃だった。すっごくカッコいいと思ったし、今も全然色あせてないよ～、とびっくりした。

それから、CDとして再販されたので、同じふうに感じた人がいたんだな、ってうれしかった。

でも、その貴重な貴重なアナログ盤は、もうウチにないのです。

遊びに来たDJの男の子が持って行ってしまい、いくら言っても返してくれない！！！

今じゃ、連絡先もわからない……。

そして、当時、いろいろあってレコーディングのお金をもらえなかった上、じつのところ、こうしていくら再再版されても、ペンギンのもとにはお金が一円も入ってきませんが、それ以上の喜びがあるというもの。

商店街

5月18日

最近、ひいきにしている八百屋さんは、元ヤンキー風の、元気のよいご夫婦。

旬のいい品を、安く置いてくれている。

昨日ペンギンとふたりで歩いていたら、「あ、今日あるよ〜」と呼び止められ、何のことかと思ったら、「スナックえんどう」のことだった。

確かに、私は本当によくスナックえんどうを買っているからねぇ。

だけど、昨日はすでに食べ物の予定があったので、「じゃあ、明日また来る」と言って、買わなかった。

それで今日、約束通り、スナックえんどうを買いに行った。

一パック150円のをふたつ。

それと、おいしそうなのでトウモロコシも買った。

それからお肉屋さんへ。

お肉屋さんの奥さんは、私を、「しゅんらんちゃん」と呼ぶ。

おしゃべりペンギンが話して、なんとＣＤまで買ってくれたのだ。

「しゅんらんちゃん、今日は何？」と聞かれ、「鳥ひき２００と、鳥レバー２００と、ベーコン１００」ともじもじ答える。

いつも安い買い物ばっかりで申し訳ない。

明日は大事なお客様。

これから、レバーパテを作るのだ。

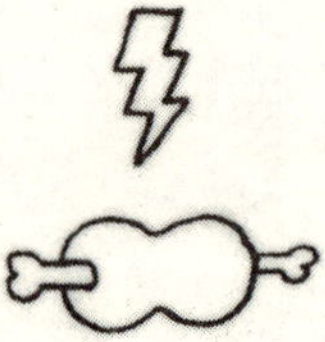

待ち合わせ

5月19日

今日は、これから私が仕事でとてもお世話になる女性3人がお客様。

もちろん私はそれぞれの方を存じ上げているのだけれど、3人はお会いするのが初めて。

そして、初対面の3人が待ち合わせして、一緒にウチに来てもらうことになった。

事前にメールで、それぞれ自分の顔や体の特徴などを伝え合っていた。

その中に、「私は忍者ハットリくんに似ています」という方がいた。

そ、そうかなぁ???

こりゃ絶対にわからないだろう、と思いつつ、ちゃんと3人が合流できるか、半分ドキドキ、半分ワクワク。

そんなわけで、今日はご馳走づくりにいそしんでいる。

ちなみに私の場合は、初めての待ち合わせのとき、特に携帯電話を持っていないので、きちんと説明しなくてはいけない。

そのときは、「ちびまる子に似ています」とお伝えする。

髪型も、顔も。

だけど一番似ているのは、あの間抜けな性格なんだけど。

そう伝えておくと、ほとんどの場合、待ち合わせは無事にできるようになっている。

桃のしあわせ

5月21日

おととい、お土産に持ってきてくださった桃。少し固そうだったので、少し待って、今朝、いただく。

初物だ。

皮を爪の先でひっぱると、つーっとむける。この感覚がすごく好き。

手で皮がむけない桃にあたってしまうと、がっかりする。

そして、すっかり皮のむけた桃を前にため息。

背筋をのばし、ゆっくりと果物ナイフをすべらせて、ひとくち口に含む。

果肉がやわらかく、甘い果汁がぎっしり詰まっている。まるで、お姫様になった気分。

気がついたら、ぺろりとふたつも食べていた。

残りあと1個。幸せ〜。

グリーン購入　5月24日

「ダーウィンの悪夢」を見に行く。

ナイルパーチという巨大な淡水魚をめぐるドキュメンタリー。

魚は湖の周辺に暮らす現地の人々によって加工され、飛行機でEUへと運ばれる。

自分たちのすぐ目の前に食べ物があるのに、飢えている人々。ストリートチルドレンは、恐怖を紛らわすために、魚の梱包材を火であぶって煙を吸っている。

EUからの飛行機は、アフリカに武器を運び、帰りに食料を積んで戻っていくという。

だけど、EUに限ったことではなく、日本だって同じことをやっているんだよなぁ。

だから、たったひとつの物を買うときにも、この背景にはどんなことがあるのか、考えなくちゃいけないな、と改めて思った。

野菜ひとつを選ぶのにも、環境に悪い農薬や化学肥料は使われていないか、ゴミとなるパッケージは使われていないか、今が旬かどうか。

また、合成洗剤をやめて石鹸に変えたり、フェアトレードのチョコレートを買ったり、消費しながらでも、環境のためにできることはたくさんある！

そういう物の買い方を、「グリーン購入」というのだそうだ。

帰ってから、『世界を変えるお金の使い方』（山本良一　責任編集）を読んだ。この中に、そういうヒントがいっぱい書かれている。

my sister　5月26日

今、私の宝物が空を飛んでいる。
びゅんびゅん、びゅんびゅん。
海を越えて。
もうすぐ、日本にやって来る。
宝物の名前は、ソニア。
こころの恋人であり、シスターであり、ソウルメイト。
今日からわが家にホームステイ。
楽しい思い出を、いっぱい作ってあげたいな。

セネガル

5月27日

ソニアが、おみやげに撮ってきたビデオを見せてくれる。

今月だけで、アメリカからアフリカ、そして日本と、3カ国を旅している。

アメリカ・ロサンジェルスでは、リムジンにのり、ビバリーヒルズのホテルに泊まって、高級ブランドのファッションショーで歌っている。「very luxury」とのこと。

そして、ちょっとだけフランスに戻ってから、今度はアフリカ・セネガルへ。

セネガルでは、子どもたちに歌やダンスを教えてきたという。「very poor」だそうだ。

だけどソニアはアフリカが大好きで、ロスでの華やかな仕事をしなければアフリカに行けないから、とてもありがたいと言っている。

数年前セネガルに行ったときに出会った孤児の男の子をサポートしていて、今回、その子がとても立派に成長していたのだとうれしそうに教えてくれた。

アメリカからアフリカに行って、そして日本に来たら頭がぐちゃぐちゃになりそうだけど、ソニアは全然変わってなくて、しかももっと強くなっていて、そんなソニアと友達だということが、すごく誇りに思えた。

会えなかった間に生まれたソニアの息子ちゃんも、黒人パパと白人ママのいいとこどりで、とってもキュート。

今日は、友達みんなで、代々木のアースデーマーケットに行く。

working day　5月31日

ソニアが今回日本に来たのは、プロモーションビデオを撮影するため。

朝早く家を出て、満員電車に揺られて埼玉のスタジオまで行くと、監督の書いた台本が用意されていた。4分くらいの曲に対して、だいたい数秒にひとつくらいカット割りされてあり、とても細かく指示が書かれている。

日本人でもすぐにストーリーを理解するのがたいへんなのに、それを英語に直して伝えなくちゃいけない。それが、とっても難しかった。

特に、「後ろ髪を引かれるように」とか、微妙なこころの動きのニュアンスを伝えるのに苦労する。

それでも、みんなすごく一生懸命がんばって、およそ8時間にも及ぶ撮影も無事終了。

今度は、帰りの満員電車に揺られ、ヘトヘトになりながら帰ってきた。

そらまめ

6月1日

オカズさんが、私たちをディナーに招待してくれた。

お言葉に甘えて、雨の中3人で傘をさし、いそいそお出かけ。

おみやげに作ったお花パンは、気温が低いせいか発酵が遅かったので、袋の中で発酵させながら連れて行く。じつは、今回ソニアの滞在は短くて、やることもあるので、まだいい思い出をプレゼントできていなかった。

家でも、質素な物ばかり食べていたから、お宅に呼んでいただけたのは、本当にうれしい。

なんだか、思い出すのがもったいなくなるほど、素敵な時間だった。

オカズデザインのおふたりが、丁寧に丁寧に用意してくださったお料理は、どれもたっぷりと愛情がこもっていて、一口いただくごとに、しみじみ、体とこころにしみこんでいく。

「We are so happy and lucky」と、3人で何度つぶやいたことか。ペンギンも、大喜び。

どのお料理も本当にすばらしかったのだけど、特に、3つのソース、ネギ、アボカド、長いも、のソースをつけていただくマグロのお刺身は、ひとりでぱくぱくいただいていた。

それから、ひではるとーさんが育てたというピラミッドから出てきたお豆（名前を忘れてしまいました）で作った豆ご飯も、それにかけていただいた人参の葉っぱと雑魚《じゃこ》のふりかけも、最初から最後まで全部がブラボー。

肩に力が入っていなくて、けれど凛としていて、やさしくて、まっすぐに前を向いていて。作っている人の生き方そのものなんだなぁ、料理って。

こういう料理を、さらりと作れる女性になりたいなぁ、と、改めて、惚れ直しちゃった。

そして、そらまめ。

何度聞いても覚えられない犬の品種なのだけど、白くて、ちっちゃくて、目が真っ黒で、とても賢いそらまめちゃん。ちっちゃなしっぽをぱたぱた振って、喜びを表現する。

抱っこしていたらくぅくぅ寝てしまって、あぁかわいい。

いつの日か、私もこの子の子孫と暮らしたいな。

3人で、見えないしっぽをぱたぱた振って、雨上がりの夜道を帰ってきた。

いまだにひらひらと、幸せのしっぽがただよっている。

ひとえ　6月2日

大好きな季節がやってきた。

今日はお茶のお稽古。

キモノを着て、日傘をさして、いそいそお出かけ。

道端に、ドクダミが咲いている。

キモノの中で、いちばん好きなのが、単《ひとえ》。

袷《あわせ》のときは、なんだか重くて野暮ったいなぁ、と感じていたキモノでも、単にすると、とたんにシャキッと若返る。

軽いのもうれしい。

季節的には、6月と9月、この2カ月しか着られないけれど、そのわりに数をたくさん持っているのが単のキモノ。

今日着て行ったのは、祖母の形見。

祖母が、ほんとに年がら年中着ていた、紬のもの。

家で水洗いとかしていたから、ゴワゴワで、おばぁちゃんいっつもボロいの着てるなぁ、なんて思っていたのだけど、祖母が亡くなって、母が洗い張りをしたら、見事にパリッと美しいキモノによみがえった。

東北地方の、古い紬だと思う。

火事になったら、このキモノだけは持って逃げたい。

これを着ると、私は本当に祖母に包まれているような気持ちになる。

自分の体が、大事に風呂敷に包まれているみたい。

毎年、年に一度は必ず袖を通している。

祖母に、もっともっと優しくしてあげればよかったなぁ、と反省する。

大切なものは、いつまでも大事に受け継ぎたい。

帰り道、つばめがせっせと子育てをやっていた。

センチメンタル　6月3日

黒バウム（バウムクーヘンに竹炭と黒ゴマを練りこんだ、コンビニで売っているお菓子）をバッグの中にたくさん詰めて、ソニアは今日、フランスへと帰って行った。

朝はやく、ペンギンとふたりで新宿まで送って行く。

成田エクスプレスでバイバイするときは、ふつうに笑顔だったのに、家に帰ってきて、ソニアが買って置いて行ってくれたクロワッサンを食べて、あまり寝ていないのでちょっとシエスタして起きたら、空には磨いたような青空が広がっていて悲しくなった。

夢の中でも、ソニアのことばかり考えていた。

昨日くらいからやっと、ふたりでいる感覚や、会話のタイミングが戻ってきたところだった。

あぁ、次はいつ会えるかなぁ。

今ごろ飛行機で、嫌な思いをしていないかな。

荷物はちゃんと受け取れたかしら？

日本語がわからなくて困ったりしてない？

そんなことを考えていたら、なんだか胸にぽっかりと穴があいたようになって、そこからじわじわと悲しい気持ちが湧き出してくる。

アースデーマーケットに行ったこと、スタジオでのハードワーク、太極拳もやった、スパにも行った、オカズさんとところで素敵な時間も過ごした、最後の夜は、雨の中3人でおいしい和食屋さんに行った。

あぁ、楽しかったなぁ。

空から不意に現れた真っ白い羽根が、そよ風とともにふわりとどこかに飛んで行ったみたい。

だけど、今回ソニアと会ってひとつ決めたことがあるから、私はそれを実行すべく、努力しようと思う。

そうしていれば、きっとまた、神様が私たちがいっしょに過ごす時間を与えてくれると思うから。

プレゼント　6月7日

こころのこもった、たくさんのプレゼントをいただいた。

ひとはり、ひとはり、丁寧に縫われたハワイアンキルト。見ているだけで、ため息が出る。

掘りたてのジャガイモもいただいた。まるごと茹でたら、ほくほくで、私のいちばん好きなタイプのジャガイモだった。あんまりおいしいので、台所に立ったまま、ぺろりと一個、食べてしまう。

そして今日は餃子。本当は土曜日のお客様にお出ししようと思っていたのだけれど……。待ちきれなくて、食べてしまう。皮はかりっと香ばしく、もちもちして、中には肉汁がぎっしり。

なんておいしいのでしょう！！！　私とペンギンが悪戦苦闘して焼いてこれなのだから、お店でご主人の焼いてくださったのをそのまま食べたら、さぞかし至福だろう。

おやさい

6月8日

午後、お野菜ハンティングへ。

明日の食事会のための材料を買い出しに行く。

自転車で5～6軒の八百屋さんをハシゴして、どんどん仕入れる。

本能のおもむくまま。

八百屋さんによって、品揃えもまちまち。

それぞれの得意分野を選ぶ。

ちょっと後ろめたかったのは、他の八百屋さんの商品が、自転車のかごからはみ出しているとき。

なんだか、浮気してるのがばれるみたいで、そわそわ、こそこそ、落ち着かない。

なるべくエコバッグに隠すのだけど、それでもゴボウとかが、どうしても見えてしまう。

本当は、一軒の八百屋さんで済ませられればいいのだけど……。

その中から、今日は野菜のてんぷらを。

ベビーコーン、アスパラガス、島らっきょ。

どれも、びっくりのおいしさ。

特にアスパラガスのてんぷらは、今まで食べたことのない新境地で、ペンギンとはふはふ言いながら夢中で食べる。

もはや私は、てんぷらは野菜だけの方が好きだ。

そろばん椅子

6月9日

ついにわが家に、そろばん椅子がやって来る！

以前から気になっていて、花市で実際に見せていただき、4脚注文した。

これは、工房イサドさんの作。

今までバリの椅子を使っていたのだけど、次々に壊れ、わが家はずいぶん長いこと、ちゃんとした椅子がなかった。

せっかくだから、もう一生共にできる椅子に出会いたい！　と思い、不便を承知で、数年間、ずっと椅子を探していたのだ。

そろばん椅子というだけに、背もたれに昔のそろばんがはめこんである。

これ、本物。

だから、微妙に色が違う。

そろばんを見つけるのにも、ご苦労されているのだそう。

なんだか、木の温もりが、あったかい。

皮も、どんどんいい色になってゆくのだって。

いっしょに年老いてゆけるなんて、楽しみなこと。

わが家のリビングが、急に優等生に見えてくる。

イサドさん、すてきなそろばん椅子を作ってくださって、本当にありがとうございます！

末永く、大事に使わせていただきますね。

にちようミーティング

6月10日

イラストレーター・コイヌマユキさんと、デザイナー・榊原直樹さんと、プロデューサー・ながさかさんと、今すすめている企画の打ち合わせ。

大きな会社の会議室でやるミーティングも大事だけど、私は、日曜日、普段着で、適当にお茶とか飲んで世間話をしながらやるミーティングって、とっても重要だなぁと思う。

会議室では言えないことがさらりと言えたり、一緒に仕事をする人の、ふだんとは違った顔が見えたりする。

昨日も、白ワインや赤ワインをすいすい飲みながら、楽しく時間がすぎていく。

ふとした拍子に、ぽろりといいアイディアが浮かんだり、ずっと悩んで行き止まりになっていたことが、誰かのちょっとした言葉で道が拓けたり。

最初はたった一人でスタートしたものが、リレーのバトンを渡すように、次から次へ、人から人へとつながって、更に世界が大きくふくらんでいく。

昨日は、そば粉のパンケーキ（ブリニ）と、ひよこ豆のペースト（フムス）が好評だった。

どちらも中近東の料理だから、相性がいいのかもしれない。

この季節には、ぴったりの食べ物。

コイヌマさんが、お土産にきれいな花束を持ってきてくださった。

お母様が、お庭の美しい花々を摘んでブーケにしてくださったもの。

強くて美しくて優しくて、花にもきっと、育てる人の何かが投影されるのかもしれない。

何度見てもため息が出る。

なすの涙

6月13日

干し野菜のラタトゥイユを作ろうと、切った野菜を一晩ざるに広げて干しておいたところ、翌日、茄子の表面にきれいな玉ができていた。

ズッキーニも玉ねぎも同じように干していたのに、できていたのは茄子だけ。

草原の朝露みたいで、とってもきれい。

それで、見ているだけではもったいなくて、どんな味がするのかな？　と思って試しになめてみた。

びっくり！！！

甘い。

こんなおいしいジュースは、飲んだことない。

ペンギンも、驚いていた。

透明で、すっきりと甘くて、少しも生臭くない。
茄子に、こんなにステキな水分が含まれているとは……。
きっと、水茄子だったら、もっとすごいのが出てくるんだろうなぁ。
でも、茄子がちょっと泣いているようで、かわいそう。
だから、名づけて「なすの涙」。
今年もそろそろ、茄子の季節。

舌

6月14日

完全なるベジタリアンではないけれど、ふだんの食事ではほとんど野菜を中心に食べるようになって、一年くらい経つのだろうか？

前は、お肉やお魚も好きだったけれど、今では、野菜の方が好きだなぁ、と思う。させてさせて。

先日、日本にやって来たソニア。

一番、というのは大げさだけど、かなり喜んだのが、コンビニで見つけた竹炭と黒ゴマ入りのバウムクーヘンだった。

フランスの友達にも、おみやげとしてだいぶ買い込んだ様子。

ソニアがそんなにおいしいというなら、私も食べてみよっかな、と思い、一個、買って食べてみた。

コンビニに入ること自体が久しぶりだった。

コンビニのお菓子を食べるのも、何年ぶり？

けれど確かに、ソニアが言う通り、甘さもちょうどよくて、おいしい。

だけどその後、舌がひりひりして、妙に喉が渇いてしまう。

結局、舌の異常は、一日以上続いた。

きっと、舌が敏感というか、正常になったのだと思う。

この前も、今まで普通に食べていたケーキ屋さんに行ってケーキを食べたら、甘すぎて受け付けない。

変わるもんなんだなぁ。

今では、野菜や果物の甘さで十分だし、自分で煮た小豆《あずき》とかが、いちばんおいしく感じる。

今私が好きなのは、岩手県一関《いちのせき》市にある、かけす農場で作られているスナック菓子。

ただリンゴを干しただけなのに、とってもおいしい。

捨てられる運命にある低農薬栽培のくずリンゴを使い、製造過程でも、石油系の燃料は最小限にとどめ、ペレットストーブを使用するなど、環境への配慮も徹底されている。

パッケージも美しく、ていねいにこころを込めて作られているのが、しみじみ伝わってくる。

あさひ

6月16日

梅雨に入ったとたん、晴れの日が続いている。
今日も、朝からピカピカ。
ねぼすけペンギンまで起き出して、「気持ちいい！」と言っている。
ハワイの朝みたい。
ベランダで、大きく深呼吸してみる。
風もひんやりして気持ちいい。
今日は、ヨガール。
とことこ歩いて、教室に行く。
朝陽がまぶしい。
麦わら帽子を目深《まぶか》にかぶって、早足歩き。

教室から、富士山が見えた。
空気が澄んでいる証拠。
まだ、頂上の方は白い雪に覆われている。
今年こそ！
今年こそ、富士山に登りたい。

「1」

6月17日

今日でペンギンは60歳。

10年前は、まだまだ先のこと……と思っていたのに、あっという間だった。

赤い「ちゃんちゃんこ」はなんなので、真っ赤なTシャツを出してみる。

数年前私がパリのアルマーニで見つけて買ってきたもの。

せっかくおみやげに持ってきたのに、「派手だ！」という理由で、ずっとタンスの中にしまってあった。数日前から出して、部屋に飾ってある。

まんなかに赤いスパンコールで書かれているのは、「1」という数字。

ぐるっと一周して、また1から気持ちを新たに再スタート。

自覚と自信をもって、ますます人生を楽しんでね、なんて言ってみる。

山形へ

6月18日

生まれ育った場所なのに、ほとんど何も知らない土地。

まちなか（といっても銀座とか渋谷という感じではないけれど）に家があったので、自然がいっぱいあることや、長いこと手から手へ文化が受け継がれてきたことや、みんなに誇れるすばらしい郷土食があることを、つい最近まで見落としてきた。

ということで、久しぶりに、ペンギンといっしょに山形へ。

いい所を、たくさん見つけて帰ってきます。

森と風のがっこう

6月25日

旅の最後に、北岩手のスローツアーに参加。

岩手県葛巻町《くずまき》にある「森と風のがっこう」に行ってきた。

葛巻は、自然エネルギーの導入が、とてもさかんな所。

人口8000人のちいさな町で、電力だけなら150%、エネルギー全体でも、じつに78%を自給でまかなっている。

そこにあるのが、「森と風のがっこう」。

廃校となった古い小学校を利用して、循環型の地球に優しい暮らしを実践し、勉強会などを行っている。

とにかく、とっても気持ちのよい場所だった。

最寄りの商店（と言っても、古い金物屋さんと自動販売機があるだけだけど）までも歩くと数時間はかかるような秘境中の秘境。

見渡す限り、森と空。

学校はいい塩梅《あんばい》に古びていて、思わずバンザイしたくなる。

新しく建てたカフェも周囲の環境になじんでいて、屋根には草がぼうぼう。

トイレはコンポストトイレで、排泄物におが屑《くず》をかけ、腐葉土と発酵させてから、畑に還元。

糞尿や生ゴミを発酵させて発生させたバイオガスプラントで料理を作り、夕闇の中、みんなで土窯で焼いたピザを食べた。

薪《まき》でたいたおふろも気持ちよかったし、早朝、ピカピカの朝陽を浴びながらぐんぐんこいだブランコも楽しかった。

朝ごはんに食べた、飼っているニワトリの生みたて卵かけご飯も最高だった。

夜中、グラウンドに出て見上げた星空は、今思い出しても涙が出そうになる。

東京と、同じ空とは思えなかった。

あぁ、自分は宇宙に生きているんだな、って実感できたし、こういう夜空を毎日見ていたら心が変わるだろうなぁ、と思った。

きっと、宮沢賢治が見上げた星空も、こんなだったんだろう。

今回は、日本在来の「日本みつばち」に関するワークショップで、日本みつばち養蜂の第一人者、藤原誠太さんのお話もたいへん興味深かったたし、たった2日間の滞在だったけれど、たくさんのプレゼントをもらった気がする。

健気《けなげ》なみつばちが、これからも生きやすい環境を守っていかなくてはいけない。

目指せ！　ベランダ養蜂家。

また夢がひとつ増えちゃった。

せみ？

6月28日

さっき、蟬が鳴いていたみたい。かぼそい声で、たった一匹だけ。

すぐに止んでしまったけど、あれは本当に蟬だったのかしら？

じつは、昨日からペンギンが入院している。盛大にお誕生日会をしてもらった翌日から、ノドの痛みを訴え、食べ物が飲み込めなくなった。

病院に行ってお薬をもらっても治る気配がなく、急遽、入院することに。

急性咽頭蓋炎《いんとうがいえん》。ノドの内側が真っ赤に腫《は》れて、炎症を起こしているらしい。

今は点滴で、栄養を入れている。

2カ月に一人いるかいないかの、珍しい病気とのこと。

ふたつのウイルスが猛威をふるっているらしいけど、一体どこで感染したのか、不明。

やっと

6月29日

流動食が入るようになったらしい。さっき、喜びの電話があった。

それまでは、食べ物どころか、水一滴飲めなかった。そんなバカなぁ、と思っていたら、本当でびっくりした。

唾を飲み込むだけで、真っ赤な火箸《ひばし》がノドにくっついたような感覚になるらしい。

あの食いしん坊ペンギンが、丸3日、飲まず食わずで点滴だけで生きている。

薬すらノドを通らなくて、一時はどうなることか、先が真っ暗だった。

病院と家の往復（片道1時間半くらいかかってしまう）だけで、私もぐったり疲れてしまうし。たった数日でこんなふうになってしまうのだから、一カ月、一年、と看病が続く人は、本当にご苦労なことだ。ゴハンが食べられる、ということが、こんなに大事で、幸せなことだったとは。あぁよかった。やっと光が見えてきた。

院内デート　6月30日

昨日、病室にいたら看護婦さんが入ってきて、小さなチラシを渡してくれた。

病院の中にあるホールで、ミュージカルがあるとのこと。

それで今日は、ゆうがた、ちょっとだけペンギンもお洒落をしてそれを見に行く。

静謐《せいひつ》なチャペルのような空間で行われていたのは、ボランティアで病院などをまわっているという劇団の劇だった。歌のところでは手話でも通じるようになっている。

ミュージカルというと、レ・ミゼラブルとか、そういう商業的なのしか想像したことがなかったけれど、外に出られない患者さんたちのために、決して大きくはない舞台で、こうして必死に演じている人たちがいる。

話では知っていたけれど、まさか自分たちが見るとは、思っていなかった。

けれど、ずーっと病院から出られない人たちにとっては、本当に唯一のお楽しみなのだ。

いろんな人が、それぞれの役割をていねいにこなしていることが、すごい。

なんでも、上へ、上へ、みたいになりがちだけど、病院にいると、そういうことが些細《ささい》なことに思えてくる。

大切なのは、健康で、ニコニコ笑えて、ゴハンがおいしく食べられること。

劇が終わって、見に来ていた人は決して多くはなかったけれど、役者さんたちが入り口の前に整列して、とてもいい笑顔で来た人たちに挨拶していた。

「見に来てよかったねー」と、ペンギンも久々にうれしそう。

病院内では特に行ける場所もないので、これも立派なデート。

今日は、近所のお豆腐屋さんで買って行った汲《く》み上げ豆腐と、コーヒー屋さんで買って行ったマンゴープリンが食べられた。

すごい進歩。

明日は、デパートに寄って、食べられそうなものをたくさん持って行ってあげよう。

くちなし

7月2日

昨日、ペンギンはテレビで『明日の記憶』を見て、号泣したらしい。

病院で見るにはあまりにも胸に迫ってくる映画だった、と。

じつは私も、家に戻ってから見ていた。見終わってすぐに電話があって、ふたりで感想とかを言い合って、なんだかちょっと遠距離恋愛みたいだった。

夜、病院から戻ってくると、いつも同じ場所で甘い香りがする。見渡すと、白い花。

生クリームみたいに、濃厚な、おいしそうな匂い。あぁ、家に帰ってきたな、と思う。

名は、「くちなし」。

「おかえりなさい」と肩をたたかれているみたいで、そこで疲れがいっきに吹き飛ぶ。

くちなしは、とても優しい花だなぁ。

ペンギンは、あした退院することになった。

梅の幸せ

7月6日

ゆうがた、武州養蜂園から待ちに待った南高梅が届く。

いつもは仏頂面《ぶっちょうづら》の配達のおじさんが、今日は、「いい香りだねぇ」とニコニコ顔。

ダンボールにあいた小さな穴から、甘い匂いをぷんぷん漂わせている。

急いで箱を開けると、すでにだいぶ黄色く熟しはじめている、ぷっくり大きな南高梅が顔を出す。

毎年、この瞬間がうれしくてたまらない。

これがしたくて、私は梅干を作っているのかもしれないなぁ、と思う。

病院の診察から帰ってきたペンギンも、「うわぁ、いい匂いだー」と言って、鼻をクンクンさせていた。

おっとりとした、なめらかな匂い。

桃と似ているけれど、桃ほど甘すぎず、すっきりとして、けれど優しい。

この日が来ると、いつも、生まれ変わったら梅になりたいな、と思う。

今年は、10キロ注文した。

7キロを梅干用に漬けて、残り3キロは梅酒にしよう。

塩は、いつも料理に使っている「極楽塩」を。

夕暮れ時、窓辺にぺったり座って、ひとつひとつなり口を取る。

心地よい風が吹いてきて、半分眠っているみたいな、ふんわりとした気分になる。

集中してやるとあっという間に終わってしまうので、なるべくゆっくり作業をして、梅に触れる。

ときどき鼻を近づけては、香りを吸い込む。

あぁ、幸せ。

やっといつもの生活が戻ってきて、今年も無事に、梅干作りができました。

朝顔

7月10日

梅酢が、だいぶ上がってきた。

ここまでくれば、もうカビの心配もほとんどなし。

あとは、晴れが続く日を狙って、天日干しにするだけ。

それにしても、ドキドキしながら蓋を開けたときに、ふわりと立ち上る梅の香りの、なんと高貴で優しいこと。

菌が入ると嫌なので、なるべく蓋は開けないようにしているのだけど、それでも、あの香りに会いたくて、一日に一回は開けてしまう。

砂糖に漬けているならまだしも、塩に漬けているのに、あんなに甘い香りがするなんて。

しかも、味はすごくすっぱいのに。

梅干って、不思議だ。

届いたときは、まだ黄緑ぽかった梅が、今ではすっかり黄色くなっている。

とりあえず、一安心。

数日前、たくさんいただいたゼリーを、マンションのお隣のNさんにおすそ分けしたら、ゼリーが朝顔になって戻ってきた。

Nさんは庭師。

典型的な日本家屋（築60年くらい）の周りには、いつも、たくさんの植物がかわいがられている。

Nさんが手入れをすると、同じ植物でも、ぜんぜん表情が違う。

わが家にもらわれてきた朝顔も、「こんな家に来ちまったよー」とグレないように、しっかりかわいがらなくちゃ。

そしてペンギンは、すっかり回復。

ご心配いただいたみなさまから、たくさんのお見舞いをいただいて、申し訳ない。

「形状記憶ボディー」とのことで、3日間の断食もむなしく、すっかり元の体形に戻っちゃったけど。

ぼくがつ　ぼくにち　ぼくようび

7月12日

雨、ザーザー。

外に散歩に行けないので、家で、本の森から借りてきた本をめくる。

タイトルは、『ぼくがつ　ぼくにち　ぼくようび』。

荒井良二さんは、大好きなイラストレーターのひとり。

同郷、というのも、なんだか誇らしい。

子どものような大胆なタッチで、でも色がすごく洗練されていたり、平和への強いメッセージが込められていたり。

子どもだったらなんなく描けても、大人になって、あんなふうに自由でかわいい絵を描けるのは、やっぱりすごいことだ。

この本は、荒井良二さんの絵とともに、「ぼくがつ　ぼくにち　ぼくようび」と題された、日記風の文章がいっしょになっている。

今までイラストしか拝見したことがなかったのだけれど、荒井さんから出される言葉もまた、とても個性的で、それでいて優しくてかわいい。

こんなにキュートな絵や文章を生み出す人が、もう立派なおじさんだなんて……。ちょっとショックだ。

創造の源となっている箱をこっそり開けて、そのエキスを、指先にちょっとだけつけてなめさせてもらいたい。

どんな味がするのだろう？

クレージュ

7月13日

クレージュが家を飛び出した。

私がコタツでゴロゴロしていると、くうううううん、と一声鳴いて、それから突然玄関を出て、走り出した。

私とおばあちゃんは急いでクレージュを追いかけた。

金色で、目が真っ黒の、賢そうな犬。

名前はクレージュ。

ゴールデンレトリバー。

「クレージュ待って〜」

探そうとしたけれど、すっかり見失ってしまう。

そこは病院の駐車場みたいなところで、小型犬から大型犬まで、スケートリンクのようにぐるぐる回っている。

この中にクレージュがいるのかもしれないと思い、犬たちの輪の中に入って、必死に探す。

けれど途中で、中国の犬みたいなとても無愛想な大型犬に、手をがぶりとかまれた。

クレージュは見つからず……。

ここで、夢から覚めた。

これが、一昨日に見た夢。

以来、クレージュがどこに行ってしまったのか、気になって仕方ない。

きのう、夢の続きを見ようと、意気込んで布団に入った。

けれど、クレージュのことを考えていたら、どんどん頭が冴《さ》えてしまう。

やがて、ブラインドからもれる光が白くなって、時計を見たら4時半になっていた。

起きて、トーストを焼き、オニオンスープを飲む。

それからパソコンをやったりして、朝7時半、吸い込まれるように布団へ戻る。

クレージュの夢は見なかった。

どこに行ってしまったのだろう？

川開き　7月17日

週末、オカズ夫妻に誘われて、隅田川の川開きへ。

江戸の享保年間より伝わる、伝統行事。

場所は、柳橋にある築60年の一軒家ギャラリー。

もともと芸者さんのお宅だったとのことで、柱や戸、障子などどれも美しく、ほれぼれする。

そこで、おいしいお弁当や手打ち蕎麦をいただきながら、目の前に流れる隅田川を愛《め》で、今年の無事を祈ろう、というもの。

海にも山にも川にも、「ふた」があって、ふたを開けるときは、必ずかみさまに報告して、使わせてもらう許可を得る、ってこと？

近くでやっている盆踊りの音楽が聞こえ、ゆるりとした、風情ある贅沢《ぜいたく》な時間だった。

そのときにご一緒させていただいたのが、みつこじ夫妻。

みっちゃんと、こ~じ~君の、新婚さんだ。

みっちゃんはジャムを作ったりしていて、こ~じ~君はデザインのお仕事をしている。

おみやげに、七夕スペシャルの、みつこじジャムをいただいた。

ステキな袋に入っている。

こ~じ~君がイラストを描いてくれたとのこと。

あんまりかわいいので、しばらく袋を開けられず、部屋に飾って目で楽しむ。

でもやっぱり、味見がしたくてウズウズし、もったいないけど、袋を開けた。

とろりとした梅ジャムは、きりりと甘酸っぱくて、あんずジャムは国産はちみつの中にラベンダーがほんのり。

みっちゃんの味がする。

まるこヘアー

7月20日

髪を切ってきた。

私がもう何年も行っているその美容室は、ペンギンの古くからの友人で、おじさんが一人でやっている。

一度、その人に泣かされたことがあって、それでもめげずに通っている。

最近は、椅子に座ると、勝手に髪の毛を切ってくれる。

あうんの呼吸になってきた。

人それぞれ違うのかもしれないけれど、私の場合、切られている最中の鏡の中の自分の顔を、じっと見ることがどうしてもできない。

恥ずかしいし、てるてる坊主のようになっている自分の姿が、情けない。

それで、「はい！　今回はこのくらい切っておきました！」

と言われ、後ろに鏡を持ってきてチェックするまで、自分がどんな髪型になっているのか、毎回わからないのだ。

その方が、スリルがあるし、なんだか楽しい。

そして今回は、鏡を見たら、完全に「まる子」になっていた！

じょりじょりする刈り上げが、気持ちいい。

でも、首のあたりが急にあらわになったので、スースーする。

わーい、まる子ヘアーだ。

でも、ワカメちゃんかもしれない。

でも、家に帰ってよーく見たら、樹木希林さんにも似ている。

とにかく、おかっぱの、すごく短い髪型です。

おとうふ

7月23日

ペンギンが、肉豆腐が食べたいという。

それで、散歩がてら、てくてく、ふたりでお豆腐屋さんへ。

けれど、「肉豆腐なら、今日はじゃあ、木綿だね」と私が言った一言から、とつぜん、険悪なムードになった。

「絹でしょー」とペンギン。

「肉豆腐は木綿だよ！」と私。

「東京の人は絹なの！」

「地方出身者をバカにしないでよねー」

「絹だってば！」

「木綿だって！」

「きぬっ！」
「もめん！」
らちがあかないので、お豆腐屋さんに決めてもらうことにした。
結果はもちろん、私の勝ち。
そうに決まってる。
絹をぐつぐつ煮たら、形が崩れちゃう。
それに、木綿みたいにざっくりとしている方が、味が染みる。
私だって、絹の冷奴《ひややっこ》は好きだけど、木綿には木綿のよさがある。
いつもペンギンに邪険に扱われている木綿豆腐。
かわいそうで、肉豆腐のもめんちゃんが、やけにけなげに見えてくる。
肉豆腐には、絶対に木綿！

レイコさん

7月25日

最近よく会う女の人がいる。

ひょろりと背が高く、やせていて、全体のシルエットがマッチ棒みたいな感じの人。

買い物カゴをぶら下げて商店街まで行く途中、ふと気になって前を見ると彼女が歩いていたり。

スーパーのレジで並んでいたら、私の後ろに並んでいたり。

またまた、まったく違う場所で、彼女がすいすい自転車で追い越して行ったり。

とにかく、いろいろなところで出会う。

彼女はいつも一人で、少し、淋しげな表情を浮かべている。

あるとき、きれいな女の人がいるなぁ、と思って見ていたら、また彼女だった。

でも、それまでとひとつだけ違うのは、彼女が男の人といっしょにいたこと。

いつもよりニコニコしていて、私は、笑っている彼女を初めて見た。

そして、つい先日から、彼女は私とペンギンがよく行くお気に入りのレストランで、アルバイトを始めた。

細いからだにエプロンを巻きつけて、慣れない手つきで働いている。

初日は、コップを割ってマスターに謝っていた。

そろそろ、話しかけてみようかな、と思いつつ、私は彼女の境遇や性格を、勝手に想像して楽しんでいる。

まだ名前も知らない、よく会う人。

よく会う人、ではあんまりなので、私はこころの中で、「レイコさん」と呼んでいる。

なんとなく、そういう名前が似合う人なのだ。

選挙

7月28日

明日は選挙。

せんきょ、せんきょ、大好きせんきょ。

明日暑さで倒れると悪いので、私は数日前に、期日前投票を済ませてきた。

なにが好きって、選挙ほど血が騒ぐものはない。

選挙速報は、始まりから、最後の一票が決まるまで、必ず見る。

あぁ、ここではこの人が……とか、やったー、逆転したぞ！　とか、あともう少しじゃないの！　とか、ドキドキ、ワクワク。

選挙にも参加しないで、政治の悪口とか、税金がどうとか、言う資格ナシです。

投票って、確かに自分の一票は、ちいさなちいさなものだけれど、この人は絶対当選するからこっちにしておこう、とか、絶対負けるってわかっててても意思表示のために一票を投じる、とか、考え出すと、誰に、どこに票を入れるかは、かなりいろんな選択肢がある。

それが、おもしろいのだ。

マスコミが事前にいろんな情報を伝えることが、選挙の公平性にとってどうなの？　と思うこともあるんだけど、とにかく、必ずいきましょう。

明日は、どこの選挙速報を見ようかな。

トウモロコシの

8月3日

最近おいしいと思ったもの。トウモロコシのぬか漬け。
ふつうに食べるよりもやや固めに茹でてから、ぬか床に入れておくだけ。
そうすると、2日くらいで、食べられる。
ただ甘いだけのトウモロコシに、酸味が加わり、なんとも言えぬ大人の味。
ビールのおつまみにも、最高ですよ。

風

8月4日

朝、ヨガール。
自転車をこいで行く途中、きれいな花。
ヨガ教室は、ビルの屋上にある。
窓を開け放つと、風が吹き抜けていく。
なんだか、向こうに海が広がっていそう。
けれど、遠くにあるのは、海ではなくて、富士山。
見えなかったけれど、遠く、富士山の方から気持ちいい風が吹いてくる。

銭湯通い

8月6日

夕方の5時になるのを待って、銭湯へ。
タオルとお気に入りのボディソープをバスケットに入れて、自転車をこぐ。
近くに、大きな銭湯ができたのは、数カ月前。
東京の夏が大の苦手。
それで、なんとかこの暑い夏を乗り切ろうと、銭湯に通うのを思いついた。
まずは、塩サウナ。
これでもかこれでもかというほど、体中に塩をぬりたくる。
そして、ひたすら我慢する。
少しすると、汗がじんわり。
あーもうダメ！　というところで塩を流し、水風呂へじゃぼん。

体が芯まで冷え切ったら、次はミストサウナ。

ミント味の霧が、もうもうと吹いている。

ここでは、いつも瞑想《めいそう》する。

限界に達したら、また水風呂へじゃぼん。

サウナは3種類。

塩サウナは、若いお嬢さんに人気。

塗れば塗るほどやせる、という迷信のもと、みんな、必死に塩をぬりこむ。

黄土サウナは、常連のおばさんたちの社交場。

テレビもついていて、いつも、威勢のいい会話が飛び交っている。

そして、私が一番好きなのが、ミストサウナ。

なぜかあんまり人気がなくて、ほとんど独占状態だ。

夕暮れ時になると、外の露天風呂が賑《にぎ》わいをみせる。

みんなみんな、すっぽんぽん。

水着をつけてお風呂に入るのは気持ち悪いから、私はこの銭湯がとっても気に入っている。

みんなが露天でくつろいでいる間にシャンプーをして、陽が沈んだ頃を見計らい、露天へ急ぐ。

風が、少し涼しくなっている。

さすがに星は、申し訳程度にしか見えないけれど、かわりに飛行機が、四角い夜空を通過する。

真っ黒いお湯に手足を伸ばして、ぼんやりする。

車がびゅんびゅん走るその脇で、裸で露天風呂に入っているのって、なんだか不思議。

たっぷり2時間の、ごくらくタイムだ。

東京の夏

8月14日

お盆休み。東京は、とっても静か。気のせいか、空気もきれい。

今年もわが家はノーエアコンだ。

確かに暑いけど、水風呂とかカレーとか早起きとか、工夫すればそれなりに気持ちよく生活できる。車も、本当に必要な人だけが乗れば、もっとみんなが暮らしやすくなるのに。

ゆうがた、散歩。道に迷ったら、魔女の家に不思議な花が咲いていた。魔女の家は、私の散歩コースの途中にある、いかにも魔女が住んでいそうな古い洋館だ。

ぽちぽちとした真ん丸い蕾がとってもかわいい。塀の外にまで根を広げ、電信柱の脇に、堂々と花を咲かせている。

なんていう花なんだろう。こういう花、好きだなぁ。

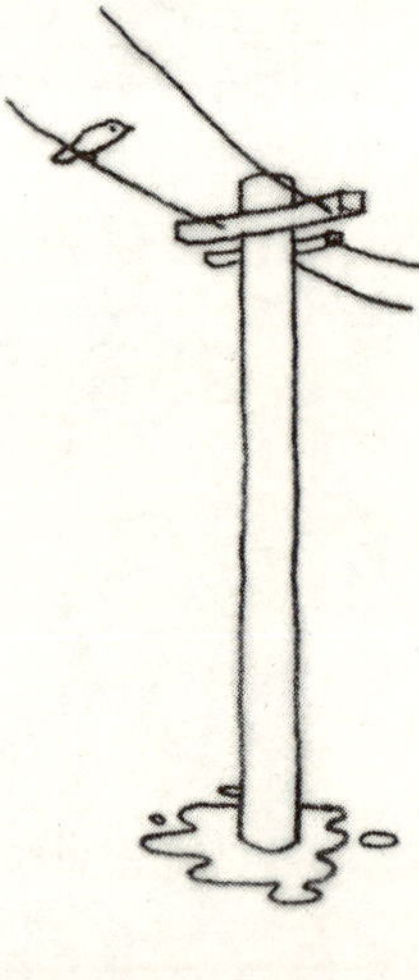

Little DJ

8月20日

映画の試写会へ。タイトルは、『Little DJ』。

原作を読んでとても感動したので、どんなふうに映像化されているのか、楽しみにして見に行った。

海の見える病院。不治の病とたたかう、主人公の少年。ラジオが今よりもっとキラキラしていた70年代。淡い恋。

少年は、病院の院内放送でDJをつとめることで、いっしょに入院している人たちや、先生、看護婦さんに、勇気や日々の楽しみを与えていく。そしてそのことで、少年自身も生きる希望を見出《みいだ》していく。優しくて、儚《はかな》くて、本当にいい映画だった。そして、映画を見て、更に原作のすばらしさを実感した。

想いを伝えることの大切さが、試写室を出た後も、ずーっと胸に残っている。

川田龍平さん

8月23日

先日、無所属から参議院議員に当選した、川田龍平さんの本を読む。

タイトルは、『川田龍平いのちを語る』。

その前文に書かれている内容が、本当にすばらしい。

薬害エイズのことでしか川田さんを知らないと、なんで政治家？　と思ってしまう人もいるかもしれないけれど、この本を読んで、こういう人こそ、政治家になってほしいんだよ、と強く思った。前文を、ここにそのまま掲載したいくらい。

川田さんが、自分が薬害エイズ被害者であると知らされたのは、10歳のとき。

まだ小学生で、当時、あと5年も生きられないと宣告された。

それから、自分はもう生きていても意味がないのだと自暴自棄になった時期もあった。

けれど、そこからもう一度、命を見つめなおそうと、立ち上がる。

そもそも、血液製剤が開発されたきっかけは、ベトナム戦争。

戦争で負傷した兵士の、輸血や止血に使うために、大量に作られた。

けれど、１９７５年にベトナム戦争が終わると、大量に血液製剤が余ってしまう。

それを、日本が大量に輸入したことで、多くの人がＨＩＶに感染し、殺された。

そしてもうひとつ、この夏知った事実。

戦争中、中国で人体実験を行っていた７３１部隊。

旧日本軍の医師たちが、多数の中国人やロシア人捕虜などを、非道な生体実験の材料に使い、細菌兵器の研究を行っていた。

この責任ある立場だった医師たちは、結局、全く裁きを受けることなく、そのまま日本の医学会の重要なポストについたのだという。そのひとつが、ミドリ十字。

命を軽視する戦争。本当に、絶対にしてはいけないと思う。

「じぶんだけのしあわせではなく、みんなとしあわせを共有する社会にしていくために。」

こんなステキな人が政治家になってくれて、ほんとにうれしい。

無所属だけど、無所属だからこそ、がんばってほしい。

夏休み

8月25日

怒濤の猛暑と忙しさを見事クリアし、明日から夏休み。
大好きな能登で、みんなと合宿。
あ〜、楽しみ。
イルカちゃんに、会えるかな？

のと日記①

8月30日

1日目。

大好きな、奥能登の宿、「さか本」さんへ。

国道でのりあいタクシーを降り、田んぼの脇《わき》を通って、山道をてくてく歩くときから、すでに「さか本」時間が始まっている。

まっさらな暖簾《のれん》に、犬たちのお出迎え。ぴかぴかに磨かれた黒い廊下。

今回で3度目だけど、何度うかがっても気持ちが落ち着く。

総勢4名での宿泊だったので、初めて、奥にある60畳の大広間に案内される。

最初から、な〜んにもしないと決めていた。だから、畳の上に手足を広げて昼寝をしたり、空を流れる雲をぼんやり見たり、ニワトリたちを観察しながらお風呂に入ったり。

やがて、お待ちかねの夕ごはん。

4人で、ちびりちびりお酒を酌み交わしながら、ゆっくりと能登の幸を堪能する。

ご一緒させていただいた、オカズデザインさん、あやさんと、何度も何度も、至福のため息。

朝は、みんなで早起きして、近くの蓮池《はすいけ》に、蓮の花を見に行く。蓮池だと思っていたけれど、蓮田だった。

能登には、田んぼの一角で蓮を育てているところが、いくつかあった。

花うつくしく、根おいしく。蓮って、ステキなお花だよ。

そして、日本一の朝ごはんは、やっぱり日本一の朝ごはんだった！

シンプルで、必要十分をちゃんと満たしている。揚げたてのがんもどきが、もう！

ご飯もお味噌汁も、自家製温泉卵も、梅干も、本当に体の芯へと入ってゆく。

さか本家の子どもたちが、またちょっと大きくなっていたり。新参者の犬が威張っていたり。お手洗いが、リニューアルされていたり。けれど、変わらないところは絶対に変わらなくて、やっぱり「さか本」さんはすごいなぁ、と思う。

そこにいると、自然とか人に、うんと優しい気持ちになれる。

帰り道が、名残惜しい。できればもう一泊したかったけど、これはほんの旅のはじまり。

のと日記②

8月31日

ずっと行きたかった、能登カフェへ。

能登カフェは、能登島の一番はじっこにある、能登文化を発信するかわいいカフェ。（現在はすでに閉店しています）

能登で活躍する作家さんの雑貨や、能登の郷土料理をいただくことができる。

目の前にあるちっちゃな海岸が、きれいだった。

どこまでも続く、やわらかな海。

波も穏やかで、ふわっと、そこに身を預けたくなる。

私たちが行ったとき、家族が一組だけ、海水浴を楽しんでいた。

水着は持っていなかったけど、我慢できなくなって、ズボンの裾をまくって、じゃぼん！

透明な水の中で、小さな小さな貝殻たちが揺れている。

打ち付けられていたボートに腰かけて、ぼんやりした。

ちゃぷちゃぷと波に揺られながら、青い空と対話する。

足の間を、ちっちゃな河豚《ふぐ》が泳いでいく。

帰りに、七尾に立ち寄り、行きたかったお醤油屋さんへ。

夫婦ふたりだけで、すべて手作業で（瓶詰めも、ラベル貼りも！）、無添加のおいしいお醤油を作っている。

ちょっと味見をさせていただいたら、本当にしみじみおいしいお醤油だった。

それから、オリジナルのもろみアイスも！

ぷーんとお醤油の匂いのする、古い蔵造りのお店。

本当に本当に、居心地がよかった。

ずーっとそこにいて、奥様とおしゃべりをしていたくなる。

ペンギンに、「お醤油ケータイ」をお土産に買った。

夜は、いだ家で大宴会。

総勢8名の合宿メンバーと、いだっちのご両親と、たくさん食べてたくさん飲む。

古くて立派な、大きな家だ。

のと日記③

9月2日

豪雨の中、輪島へ。

朝市をぶらぶら見ながら、お目当ての「ギャラリーわいち」へ。

前から思っていたけれど、やっぱり能登って、特別な場所だ。

田舎っぽくないというか、自分たちの文化にとても誇りを持っているというか。

ヨーロッパに行くと、洗練された田舎がたくさんあるけれど、能登もそういう気がする。

人が、自然と共に心豊かに暮らしている。

だから、能登で活動する作家さんも多い。

作品作りと、自分の生活を、見事に両立させている。

肩ひじ張らずに、けれど凜としたまっすぐな作品を生み出す。

料理でも人でも作品でも、「背筋が伸びているなぁ」と、能登のあちこちで、思った。

潔いというか、媚《こ》びないというか。けれど、とっても優しくて懐が深い。

午後は、再び豪雨の中、金沢へ。

うわさの、「第7餃子店」で餃子定食を食べた後、骨董屋さんへ。

ため息の連続だった。すてきなモノがあふれている。

そう！

能登は、宝島なんだよ！　今回は、その宝島探検のような旅。

夜は、いだ家に戻って、ご両親の作られたお野菜で、料理を作る。

みんなで料理するって、楽しい。

雨上がりの夜空は、きれいだった。

この日は、満月。残念ながら月食は見られなかったけれど、望遠鏡で、月を見せてもらう。

それから、お庭で花火。

あんなに盛大に花火をやったの、何年ぶりだろう。

年齢が、20くらい戻された気分だった。

線香花火って、やっぱりいいなぁ。

これが、能登で過ごす最後の夜だなんて、なんだか淋しい。

もっともっと、みんなと合宿していたい。

のと日記④

9月3日

最終日、ひとりでイルカに会いに行く。
能登島には、野生のイルカ一家が住んでいる。
今回の旅の目的のひとつがこれ。
本当は、海に潜って一緒にイルカと泳ぎたかった。
でも、私は時間がなくて、結局野生のイルカには会えずじまい。
水族館にも、イルカさんはいたけれど……。
いっしょに合宿したあやさんとえりかちゃんは、野生のイルカに会えたらしい。
うらやましい！！！
イルカたちが、いっしょに遊んでくれたとのこと。
時間がたっぷりあったので、向田邦子さんの『父の詫び状』を読みながら、移動した。

能登島は、向田さんのお父様の出身地。

「向田《こうだ》」という地区があり、そこでお生まれになったそうだ。

本には、お父様がたびたび登場するので、縁のある能登島で読めたことは、とっても幸せ。

空港まで、のと鉄道で移動。

以前は、能登半島の一番奥まで走っていたけれど、数年前に廃止になった。

今は、七尾から穴水まで、わずか数駅分しか運行していない。

一両編成の、かわいい電車。

駅舎がそれぞれ古びていて、趣がある。

海沿いを走るので、目の前の景色を見ているだけで、楽しい。

私が大金持ちだったら、のと鉄道を復活させたい。

使わなくなった線路は、今、草がぼーぼー生えている。

地震の爪あとも、まだ残っていた。

半島を縦断する道路には、迂回路が何カ所かある。

壊れたままの家も見た。

でも、今回お会いしたみなさんは、パワフルでポジティブで、負けてはいない気がした。

能登さん、ありがとう。

真夏のゆめ

9月8日

朝、ヨガール。

今日は、カラスのポーズを習う。

9月になってやっと涼しくなったと喜んでいたら、また、夏の暑さが戻ってきた。

帰りの自転車をこぎながら、頭がぼんやりする。

東北で生まれたからか、東京の夏が辛い。

夏が来るたび、どこか避暑地に私でも買える破格値の別荘がないか、パソコンで検索する。

極論を言えば、夏なんかいらない。

夏になったら、南半球（メルボルンがいいなぁ）に移動して、一生、夏抜きで暮らせたら最高だと本気で思う。

とにかく、夏が大の苦手。

避暑地の別荘も南半球へのバカンスも、あんまり現実的ではない。

でも、もしかしたら……と思っているのが、夏だけの食堂。

海の家みたいなもの。

東京ではない、日本のどこか。海も山もあるところ。

昼間は暑くても、夜は涼しい風が吹いて、木がたくさんあったらうれしい。

どうせ東京にいても使い物にならないから、そこで体を働かせ、リフレッシュして戻ってくる。

それが、真夏のゆめ。

来年こそは……と、暑さにじたばたしながら、真剣に考えた。

暑くなると、こんなことばっかり妄想してしまう。

おむすびかご

9月10日

金沢にあるステキな古道具店、「きゆう」さんから連れて帰ったかご。

一目見て、「おむすびにちょうどいいわ！」と思い、しっかりと手に抱きしめた。

最近ウチでは、お客様のときは、たいてい塩むすびをにぎっておく。

そうすると、お酒を飲まない方はふつうにご飯が食べられるし、お酒を飲んでいても、ちょっとつまんでお腹に入れることができる。

お客様からすれば亭主をわずらわせる気兼ねもないし、そのまま手でつまんで食べられるので、食器も汚さなくて済む。

今は、能登のお塩を使っている。粒子が粗く、ざらっとして、旨みが凝縮されている。

ご飯が炊けたら、10分蒸らして、熱いうちに手水をつけて塩をして、杓文字《しゃもじ》軽く一杯分を手のひらにのせて、きゅっ、きゅっ、きゅっ。

ご飯は、パクパクと数口で食べられるよう、あまり多くしない。外側を固める程度で、力を込めてぎゅーぎゅーとは握らない。

この間、自分で握ったおにぎりを、ようやく初めてちゃんと食べた。

なんとなく、恥ずかしくて食べてみたことがなかったのだ。でも、ちゃんと美味しかった！

河童橋で見つけた新しいのが1代目。

金沢で見つけた古いのが2代目。

2代目さんの方が、さすが昔から残っているだけあって、作りがしっかりして、頑丈だ。

何がうれしいって、1代目と2代目に、ちょうどぴったり4合分のおむすびが入ること。

そしてもうひとつおまけでうれしいことに、1代目の方が2代目より一回り小さいので、そのまま入れ子にして中にしまえること。

まるで、生き別れた兄弟のようにして、再び出会ったふたつのかご？

わが家で終生、なかよく暮らさせてあげよう。

寺田本家・発酵道

9月13日

先日の、4カップル合同お食事会でのこと。

新婚のみつこじ夫妻が、「醍醐のしずく」という特別なお酒を持ってきてくれた。

ひとくち飲むと、とろりと甘く、白ワインのように芳醇な香り。

「くぬぎの蜜のよう」と誰かが言った。今までに、飲んだことのないお酒だった。

調べたら、寺田本家という、創業300年を超える千葉県香取郡にある造り酒屋さんのお酒だった。

農薬や化学肥料を一切使っていない国産のお米と、自然な仕込み水、空中にいる天然の乳酸菌、酒蔵の梁《はり》や土壁に昔から棲《す》みついている野生酵母で、昔ながらの日本酒造りをしている、とのこと。

サイトにある、「蔵元の想い」を読んで、すっかり魅了された。

こういう人の造るお酒が飲みたい！　と思った。

それから、「寺田本家」の当主、寺田啓佐氏の書かれた『発酵道』も取り寄せた。

ご自身の病気をきっかけに、それまでの、醸造アルコールと添加物による利潤追求型の酒造りを止め、ただただみんなに喜ばれるお酒を造ろう、と思い直されたそうだ。

命がよろこぶ、本当のお酒。そのお酒を飲むと、いつのまにか健康になり、楽しくなり、幸せになる。

世の中を平和にするのは、テロとの戦いでも大量のお金でもなく、こういう人たちなんだな、と改めて思った。

『発酵道』の本の中に、印象的な言葉が紹介されている。

明治の哲学者、常岡一郎氏。寺田さんのお父様の、人生の師だったらしい。

「中心が何であるか、どこにあるか。これをはっきりつかむことが、人類生存の尊い唯一の道である」

「例えば綱渡りの曲芸師は、中心を外せば転げ落ちる。中心をとるコツは、いつもまわりを見ながらバランスをとっていくことだから、足元を見つめていたのではバランスをくずしていく。だから自分のことばかりを考えるな。自分の都合は捨てろ。相手の喜ぶことを、まわりが喜ぶことを第一に考えなさい」

本当にすごいものを作っている人たちは、例えそれが野菜であっても歌であっても家具であっても料理であっても、みんな共通のたましいを持っている。そこには、哲学がある。

本を読み終えてから、背筋を伸ばして、「自然のまんま」を飲ませていただく。しっかりとした味があるのに、アルコールを飲んでいる感じが全くしなくて、なんだか究極のおいしい水を飲んでいるみたいに、すいすい体になじんでいく。

そうそう、「お神酒《みき》」の語源も、初めて知った。「うれしき」「たのしき」「ありがたき」、このみっつの「き」が重なることから、「おみき」なのだとか。

金太郎　9月17日

金太郎はよく泣く。

朝、仕事をするために早く起きて窓を開けると、必ず、金太郎の泣く声がする。

金太郎は、数カ月前、斜め下の部屋に大阪から引っ越してきた若夫婦の息子で、生後半年くらいだろうか？

とにかく、いつもいつも泣いていて、その声が、マンション中に響いている。

もし金太郎を知る前だったら、同じ状況を見て、「きっとお母さんがちょっとゆったりしてて、赤ちゃんのオムツやミルクに気づいていないのかもしれない」なんて考えていたと思う。

でも、金太郎のお母さんは、それはそれは優しく、いつだって金太郎を抱っこして、マンションの涼しい場所や景色のいい場所で、金太郎をあやしている。

泣く赤ちゃん、泣かない赤ちゃん、手のかかる赤ちゃん、かからない赤ちゃん、それはお母さんには全く関係がなく、生まれ持ってくるものなのかも、なんて思ったりするようになった。

今日も、お母さんは金太郎を胸に抱き、外で子守唄を歌っていた。

若くかわいいお母さんに抱かれた金太郎は、どっしりとした男の子で、高見盛をそのまま小さくしたような顔をしている。

こんな顔をした赤ちゃんが、あんなふうに泣くなんて、ちょっと結びつかない。

ちなみに金太郎というのは私とペンギンが勝手につけたニックネームで、本当は何て言うのか知らない。

今度、お母さんに聞いてみよう。

秋

9月21日

ゆうがた、お使い籠《かご》を持って散歩に出たら、自分の影が長くてびっくりした。
すいーっと、足元から一直線に伸びている。
ジャコメッティの彫刻みたいだ。
八百屋さんの軒先には、さつま芋やかぼちゃ、レンコン、ごぼう。
栗もあった。秋のお野菜が、勢ぞろい。
寝る前の晩酌も、冷《ひや》からお燗《かん》になった。
自然酒を、人肌のぬる燗にしてちびちび飲むのが、ペンギンのお好み。
今夜のおつまみは、きぬかつぎにまぐろの酒盗をちょっとかけて。
昼間は30度をこえても、ゆうがたには涼しくなり、夜には虫の声。月がきれいだ。

青い鳥

9月25日

重松清さんの『青い鳥』を読む。

村内先生は、言葉がうまく喋れない。

中学で、国語を教える先生なのに。

けれど、だからこそ、村内先生が一音一音こころを込めて発する言葉には、重みがある。

私も、村内先生に出会えてよかった。

それにしても、と私は重松さんの本を読むたびに思う。

これだけ一貫して「家族」をテーマにした作品を生み出す、その原動力というかエネルギーは何なのだろう。

そして、言葉を積み重ねて積み重ねて、ある一言でグッと読者に迫りくる、その展開の鮮やかさは、どの作品においてもほれぼれする。

重松さんの作品を読むたびに感じる、作家としての気迫のようなもの。

きっと、書いても書いてもまだ足りないのだろうな。

人の数だけ物語があるということを、いつも重松さんに教えられているような気がする。

ちょうちょ　9月26日

もうすぐ、本の装丁の作業に入ります。

大好きなイラストレーター、コイヌマユキさんと、こうしてひとつの作品を作れることは、本当に幸せなこと。

私自身、どんな絵本が誕生するのか、本当に毎日ドキドキ。

長い時間をかけたからこそ、生みの苦しみなど吹き飛んで、喜びだけが、じんわりと胸に響いてくる。

もうしばらく、たまごを温める母鳥の幸福を味わおう。

お買い物

9月28日

気分転換に、外出。

エコリュックを、背負って行く。

これは、アメリカのオーガニック製品のパイオニア、TERRA PAX のリュック。

帆布も皮もフェルトも、金具以外はすべて土に還ります、とお店の人に説明されて、思わず買ったもの。

リュックなんて中学生以来だけど、両手が使えるのは便利だし、私が持っている洋服にも合わせやすい。

お値段は少々お高いけど、一生使うと思えば、いいだろう。

名付けて、エコリュック。今日は、そのエコリュックデビューの日。

DEE'S HALL に行ってよしみさんとおしゃべりし、今やっている中里花子さんの器の展示会から、おみやげにペンギンにお猪口《ちょこ》を購入。さっき、冷たい日本酒を入れて飲んでみたら、おいしかった！

それから電車で三軒茶屋に行って、tocoro cafe でカフェラテとチーズケーキをいただく。何度うかがっても、落ち着いていてホッとできる空間だ。もっと近所にあったらいいのに。

陽が暮れて、路地の向こうには、ほの赤い大きな大きなお月様。

雪月花

9月29日

小雨降る中、お茶のお稽古へ。単の大島を着て行く。

アンティークショップで見つけ、とても気に入っていたのだけど、八掛《はっかけ》がぼろぼろになってしまい、去年袷から単に直したもの。大島は、単で着た方が、着心地がいいみたい。

今日のお軸は、「掬手水在月」。手で水をすくうと、その中に月がある、という、中秋の名月にちなんだ言葉。今日は生徒さんが6人もそろっていたので、雪月花のお稽古をする。雪の札はお茶を飲む人、月の札はお菓子をいただく人、花の札はお点前《てまえ》をする人。みんなで何度も繰り返し札を引いていき、最初に雪月花をすべてやった人が上がり。誰かがそれをやるまで、えんえん遊ぶ。

お点前は相変わらずしどろもどろだけど、お菓子をいただいてお茶を飲むのは、本当に幸せ。今日は、下は小学6年生の男の子から、上は50代のおばさままで、みんなでお稽古。

パンとイチジク

10月3日

忙しいときに限って、台所に立ちたくなる。気温が下がって、過ごしやすくなったせいもあるかもしれない。ビスケットとかパンとか、粉を使ったものが作りたくなった。

寺田本家さんから日本酒を注文したら、ペンギンが愛飲している発芽玄米酒の酒かすを入れてくれた。これを、パン生地に入れて、焼いてみる。やっぱり、酒かすも生きているんだなぁ。たくましく、発酵してくれた。そして、久しぶりに、お花パンの完成。ほのかに、酒かすの香りがして、もちもちのパンになった。

そして、今日届いたばかりの山形のイチジク。生ではなく、加熱して食べる。ジャムやコンポート、タルトなどにぴったり。見ているだけで、うっとりする。

さっそく、バターで軽くソテーして、はちみつ、塩で味付けし、バルサミコ酢をかけて、ペンギンと三時のおやつ。とろとろとして、とってもおいしい。

チェリー

10月6日

かごいっぱいに山盛りあった、無花果《いちじく》。最後はジャムにした。

固い軸のところを取り除き、あとは手で適当な大きさに。

中の赤い色がきれい。こういう、地味な作業が、私はしみじみ好きだったりする。

あとは、きび砂糖と合わせて、コトコト、コトコト。

今回は、隠し味に奄美《あまみ》大島の黒糖焼酎を入れてみる。

小分けして、みんなにプレゼント。

ジャムを煮ていたら、先日読んだ、野中ともそさんの最新作『チェリー』が、また読みたくなる。一風変わったおばあさんと少年との、さくらんぼを題材にした心温まるラブストーリー。

装丁もとっても素敵で、おすすめです。

ジャーナリスト

10月8日

中学校の進路相談のとき、将来ジャーナリストになりたいと言ったのを覚えている。

先生は、それじゃあ、とにかく勉強しなさい、とおっしゃった。

結局、その道には進まなかったけど、ジャーナリストは、今でも私の憧れの職業。

先日ミャンマーで銃弾に倒れた長井健司さん。

常日頃、誰も行かないところだから、自分が行かなくてはいけないのだと、話していたそうだ。

正義感に突き動かされ、命をかけてでもそういう場所に赴いて取材をしてくれるジャーナリストがいるからこそ、私たちは、今世界でどんなことが起きているのか、知ることができる。

長井さんが亡くなって初めて、タイにあるエイズの子どものための養護施設や、パレスチナの報道が、長井さんによる映像だとわかった。

常に弱い立場の視点からの報道は、優しくて、人間味があるなぁ、と感じていた。

長井さんのデスクに、取材先の子どもたちの写真がたくさん貼られていたのも印象的だった。

今日は、長井さんの告別式。

ご冥福をお祈りします。

ギフト

10月9日

きのう、午前3時過ぎに、「ちょうちょ」のすべてのデザインが届いた。

すごい！　すばらしい!!　そこにあるものを一目見て、感動して胸があつくなる。

全員が全力を出し切って、足し算が掛け算になって、とんでもない作品ができているのかもしれない。

様々な方の支えのもと、やっとここまでこぎつけた。

最初はひとりよがりでしかなかったイメージが、こうして形になりつつある。

その幸福と責任と自覚と感謝が、ふつふつと湧き上がってくる。がんばってよかった。

サンタクロースから季節はずれのプレゼントをもらったような気持ち。うれしくて、うれしくて、朝まで眠れなかった。産声《うぶごえ》を上げるまで、あと一カ月だ。

糸ジャム

10月13日

みっちゃんが、ジャムを送ってくれた。先日、山形の無花果をプレゼントしたら、ジャムにしてくれたのだ。

みっちゃんは、コツコツとジャムを作っている。みっちゃんのジャムは、すごくおいしい。

箱を開けてびっくり！　きれいな瓶が、たくさん並んでいる。original jam ito、ってラベルに書いてある！　ちょうちょの絵も描いてある！　うれしすぎる。

手紙を見たら、私をイメージして作ってくれたとのこと。

「山形のトロリとした優しい甘みに、オレンジのスキッとした香りと酸味を加えて、甘いだけじゃない、魅力的な深い味のジャムができあがりました。」だって。

ドキドキ。手紙には、夫のこ～じ～君が夜中に描いてくれた私とペンギンのイラストも！

そしてたった今、糸ジャムを食べてみた。ふふふふ。これが、私の味なんだ！

校正

10月15日

今、小説の校正作業をやっている。

これは、2008年1月に、ポプラ社から出版される、私の初の小説単行本。

絵本の出版と続くので、とても順風満帆のように思われるかもしれないけれど、とんでもない。

苦節十年。小説を書こうと心に決めてから、本当に十年が経っている。

本のタイトルは、『食堂かたつむり』という。

この作品で、私はようやく、自分が本当に進みたい道の、スタートラインに立つことができる。

小説というのは、砂で形を作るようなもの。

文字のひとつひとつに大きな意味はないけれど、それを集めて、意味のある形に仕上げる。

外からは、中にある砂の形は見えない。

けれど、中の砂がなかったら、外側の形は作れない。

校正というのは、文字の間違いなどを、ひとつひとつ丁寧に探し出していく地道な作業だ。

意味がおかしい箇所なども、丹念に検討する。

あるたったひとつの言葉の間違いのせいで、それまでせっかくこつこつと積み上げてきた世界観が、すっかり台無しになってしまうことも多々ある。だから、校正というのは、とても大事。

何度も読み直して間違いがないと思っていても、ずいぶんたくさんのミスがあった。

それを、校正者さんや編集者さんが、見つけて指摘してくれる。

その仕事のすばらしさに、私は何度となく、息をのむ。

苦節十年がなかったら、助けてくれる人の有難さも、全然わかっていなかったと思う。

小説を書くことは、自分の指先に傷をつけてその血で言葉を書くようなものだけれど、今、その痛さも辛さも苦しさも、すべてが感謝の気持ちへと昇華していくのを感じている。

みなさんに心地よく本を読んでいただけるように、校正作業、がんばります。

木を植えよう

10月17日

『ちょうちょ』、色校まで終了。

あとは、印刷所で印刷され、製本され、本になってご対面。

それで、今までにたまっていた資料を整理した。

なるべく紙を使わないようにできる限りパソコンで作業をしているけれど、それでもどうしても確認しなきゃいけなかったりで、紙にプリントアウトすることになる。

たった一冊の絵本を作る過程でも、こんなに膨大な量の紙が……。

ふだんエコだとか言っていても、本を作ることは地球に大きな負担をかける。

たくさん紙を使い、環境に悪いインクを使い、必要がなくなるとゴミになってしまうのだもの。

だから、本を作るたびに、木を植えたい。

バースデーケーキに立てるキャンドルみたいに、地球に一本ずつ、木を植えるのだ。

そして、ゴミにならない本を、作ろうと思う。

再生紙を使っても、リサイクルするには限度があるのだそう。また、ポストイットなど粘着するものは、紙のリサイクルを困難にするんだって。

天津丼

10月23日

すごく卵が好き、というわけではないけれど、一年ほど前から天津丼にとりつかれている。中華料理店に入ってメニューに天津丼を見つけると、反射的にオーダーしてしまうようになった。ヌーベルシノワのちょっと気取った天津丼も、駅前中華の化学調味料がたくさん入った天津丼も、どんな天津丼でもおいしいと思う。

でも先月、ついに、「私の理想的な天津丼」に出会えた。ご飯は、しっかりと固め。卵焼きの中には、シイタケや竹の子、ハムやチャーシューの千切りが盛りだくさん。

そして、上からかかっているタレは、甘すぎず酸っぱすぎず、とろりとしたお醬油系。

ちなみに、そのお店のメニューに天津丼はのっていない。私が天津丼が好きだというので、特別に作ってくれるようになったのだ。

他のメニューもおいしいのがたくさんあるのに。やっぱりまた天津丼が食べたくなる。

楽園

10月25日

ちょうちょの国に、遊びに行ってきた。たくさんのちょうちょたちに会えて、幸せになる。

卵からかえると、葉っぱをむしゃむしゃ食べて、黒、赤、黄色の美しい幼虫へと成長し、やがて金色の蛹《さなぎ》になる。そして、ついに旅立ちのとき……。

他にも、楽園には、カラフルな鳥や、愛嬌のある豚や、まるまると太った羊が暮らしている。ここが、私の楽園。

ちなみに、ふだん、ちょうちょに触れることはできません。

たまたま訪れた日が「ちょうちょの日」で、その日羽化したばかりのちょうちょを放蝶することができました。

つつましやか

10月29日

青森に住んでいる姉から、林檎《りんご》が届く。今年のは、やけに大きくて立派。まずは、部屋のあちこちに置いて、愛でる。林檎が部屋にいるだけで幸せだ。

昨日、テレビのドキュメンタリー番組に、環境運動家の辻信一さんが特集されていた。

地球を楽しむことがエコに繋がる、とのこと。

確かに、辛いことや苦しいことは長続きしないけれど、楽しいことならどんどんやれる。

もっと、地球を楽しまなくちゃ！

ちなみに、日本人が一年間に使い捨てる割り箸は、２００膳。レジ袋は、３００袋。世界一だという。辻さんの、人間はもう少しつつましやかにならなくては、という言葉が印象的だった。

えん

11月1日

小雨の中、みっこじのみっちゃんのバイト先へ。

なんと、私がプレゼントした山形の無花果が、みっちゃんによってジャムになり、更にそのジャムがタタンさんの手に渡り、クレームブリュレになって、また私の手に戻ってきた！

縁が、まるく円になったみたい。

私はただ、無花果を横流ししただけなのに……。

みっちゃんの働いているパン屋さんでほっこりし、焼きたてのライ麦パンとたくさんの甘いお土産をもらってバスで帰ってくる。

膝《ひざ》にのせたパンがホカホカで、赤ちゃんを抱っこしているみたい。

先月の私は、まるで悪妻そのものだった。

仕事が忙しくて家事もペンギン任せだし、暴君のように意地悪をいっぱい言った。

バスの中で、そのことを、すごく反省した。

私も、みっちゃんを見習って、少しはマシな嫁にならないと。

夜は、ペンギンのリクエストにこたえてハンバーグを作る。

ライ麦パンで赤ワインを少し飲み、食後のデザートに、無花果ジャムを使ったクレームブリュレをいただく。

ジャムの酸味が効いていて、おいしい。

みっちゃん、そしてタタンさん、どうもありがとう。

おかげで私、優しい気持ちに戻りました。

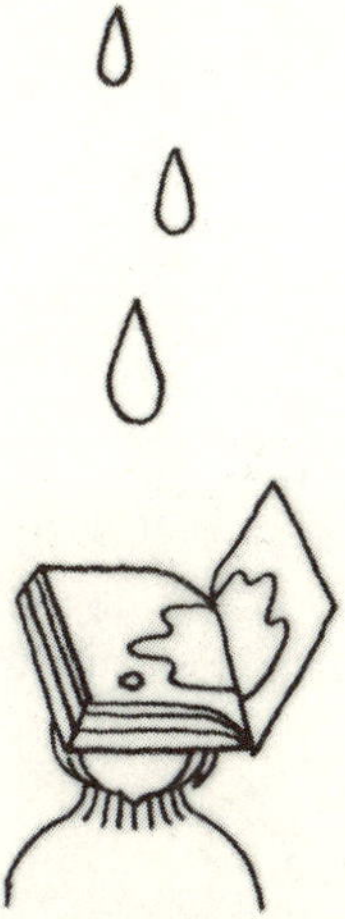

ココ・ファーム　11月3日

オカズ夫妻と、ココ・ファームへ。

ココ・ファームは、私が大好きな、国産オーガニックワインを造っている醸造所。

今日は、その醸造体験の日。

高級な赤ワインを造るカベルネソービニオンは、山形の上ノ山産だった。

食べてみると、すごく甘い。

軸ごと機械で搾《しぼ》る場合もあるけれど、そうすると軸の渋みも混ざってしまうので、一粒一粒、手で取って、よくないものは外していく。これを、今回は希望者が裸足《はだし》になって足踏みし、野生酵母だけで発酵させる。

ココ・ファームでは、今年からすべてのワインを、野生酵母のみで造ることにしたそうだ。

自然の力任せだから、どんな味になるのかは、最後までわからない。

人は、酵母が気持ちよく発酵できるように、温度や糖度の管理をするだけ。まるで直角に見えるほど急峻な葡萄畑《ぶどうばたけ》の頂上では、一日中、カラスを追い払うために、太鼓のようなものを鳴らす人がいる。ここで働いているのは、心身に障害のある人たちが多い。醸造長のグレートさんはじめスタッフのみなさん、こころみ学園の園生たち、みんな笑顔が素敵で気持ちいい。ココ・ファームのワインがおいしい訳が、少しわかった気がする。

お昼は、晴れた葡萄棚の下で、ゆったりとピクニックランチ。おいしいお弁当とできたてのワインを飲みながら、幸せな時間を過ごす。気持ちよくて、思わず草の上にごろり。

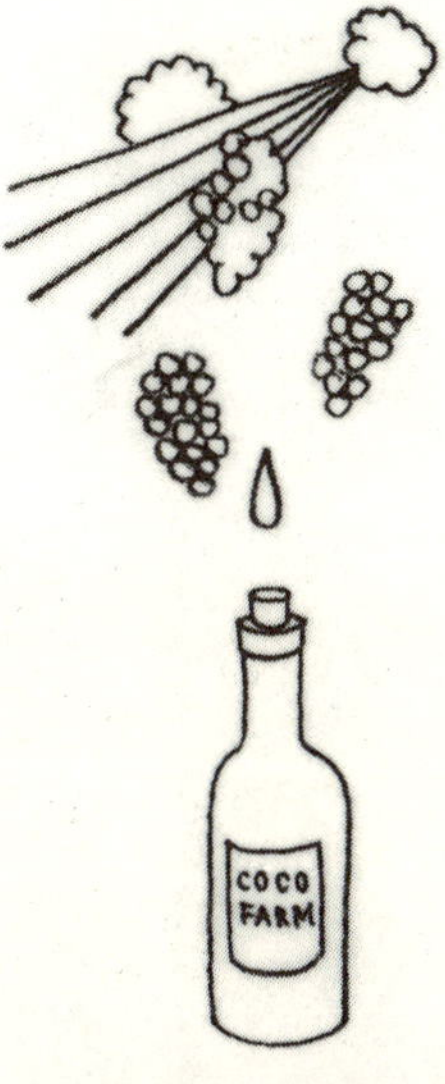

空気

11月4日

せっかく楽しみにして行ったレストランなのに、隣のテーブルでタバコを吸われると、がっかりする。

場末の食堂やバーやライブハウスならともかく。

第一、料理を作ってくれる人にも失礼だ。

テーブルに灰皿がないということは、できるなら吸わないでほしいという店側の意思表示なのだから、そういう飲食店では、我慢するか、外で吸ってほしいなぁ、と思う。そういう人に限って、なんだか偉そうに吸っているし。世の中には、タバコの煙で喘息になったり、傍目《はため》にはわからないけれど、妊娠中の女性だっているんだから。場をわきまえない喫煙は、一方的な暴力だと思う。

それで考えたアイディアがふたつ。

1、喫煙者の料金を、空気汚し料として高く設定し、その分を、吸わない人に還元する。(だって、同じ料理を食べているのに、こっちはおいしさが半減してしまうのだから。)でも、お金の問題ではないし、それに、「オレ様は金払ってんだから」と言ってますます傲慢《ごうまん》になる人もいるかもしれない。だから、

2、嫌煙バッチを普及させる。おなかに赤ちゃんがいる人がつける妊婦バッチみたいに、「私はタバコが嫌です」とか、「タバコの煙で具合が悪くなります」ということをアピールできるバッチを作って、そのバッチをつけている人のいる空間では、タバコを吸ってはいけないマナーを定着させる、とか。

なんか、よい方法はないのだろうか?

日曜喫茶

11月7日

日曜日の昼下がり、日曜喫茶さんのお部屋におじゃまして、コーヒーをいただく。

Kさん（男性）の乙女《おとめ》チックな部屋で、開け放った窓からは、秋の風。

本棚の本をゆっくり眺め、持ち主の頭の中を想像してにんまりする。

Kさんが時間をかけてゆっくりと淹れてくれたコーヒーは、しっかりと苦味があるのにそよ風みたいにふわりと軽くて。ゆるゆると、素敵な時間が過ぎていく。至福の日曜日。

みかん

11月8日

我那覇美奈ちゃんが、みかんを届けに来てくれた。

がなはちゃんは奄美大島出身の、歌うたい。

みかんは、喜界島《きかい》から届いたもの。

さっそく、食べてみたら、スパイシーで、ジューシー。

おいしいよぉ。最近、ちょっと風邪気味だったので、体がビタミンをもらって喜んでいる。

立て続けに、5個も食べちゃった。

色の濃い小さいのが「花良治《けらじ》みかん」、色の薄いのが「喜界《きゃー》みかん」。

晩酌には、塩辛に花良治みかんをちゅっとしぼって。

いのちの食べかた

11月9日

映画『いのちの食べかた』を見に行く。

オーガニックとは対極にある「食」に関する現場の、ドキュメンタリー。

機械化が進んでいることは頭では知っていても、実際にどういうふうにブロイラーが育てられたり、豚や牛が解体されるかは、知らなかった。

効率よく動物を食べ物にするために考えられた機械の数々は、驚くばかり。

動物や植物の人格（まぁ人ではないけど）を完全に無視したやり方にため息が出る一方、こうやって生産されたものを、私もおいしいって言いながら食べて生きているんだよなぁ、と切なくなる。

それにしても、人間ってすごいな。

単一栽培される畑は、グラフィックスのように整然としているし、工場で働いている人たちも、目の前にあるものが「いのち」であるとは、もう考えていない感じだった。というか、そんなこと考えていたら、仕事にならないだろうし。そういう仕事をしてくれる人がいなければ、お肉を口にすることはできないのだし。

何の説明もなく、ただ淡々と流される映像の中、ところどころに、働く人たちの食事のシーンが映し出されるのも印象的だった。

私の場合、2008年1月に出版する『食堂かたつむり』の内容と繋がることもあってとても興味深かったけれど、これは、食べ物やオーガニックに関心のある人もない人も、人として見ておいた方がいいかも。

生まれ変わっても、ブロイラーになるのは嫌だなぁ、というのが、正直な感想。

雨の日曜日

11月11日

がなはちゃんにいただいたミカンのお湯割りを飲みながら、先日フェアトレードで購入したネパールの靴下で防寒し、本の森で借りた吉田修一さんの『悪人』を読む。どう考えても、期間内に読み終われそうにないのだが。

集中

11月12日

いよいよ今日から、『食堂かたつむり』の再校作業がはじまる。

この本は、2008年1月、ポプラ社より出版される、私の初の単行本小説。

作品に手を入れられるのは、泣いても笑ってもこれがラストチャンス。

編集の吉田さんと二人三脚で、一言一句、改行や句読点にいたるまで、本当に吟味しながら作品を作り上げてきた。

私にとっても、本当に大事な一冊になると思う。

吉田さんはじめ、みなさんがこの作品に光を当てるべく、本気で努力してくださっている。

その期待に、少しでもこたえたい。

そして、最高の状態で、みなさんに読んでいただきたい。

もうすぐ私の手を離れてしまう一抹の淋しさを感じつつも、作品とべったり向き合える最後の幸せを存分に味わおう。

今日からの約10日間、集中、気合、集中、気合でがんばります！

自信作ですので、ぜひ読んでくださいね！

ラ・フランス

11月14日

今年も、山形の今田農園さんから届けてもらったラ・フランス。
そろそろ、食べごろになってきた。
鼻を寄せると、なんとも高貴な甘い香り。
ソフトタイプのチーズと一緒に、白ワインと合わせると最高に美味。
今夜も、きれいなお月様に会えるといいな。

たんじょうび

11月16日

昨日は、誕生日だった。

思いがけず、バースデーカードやプレゼントやメールや電話をいただき、胸が温かくなる。

私が生まれたことを喜んでくれる人がいるなんて、なんて幸せなんだろう。

この年になってようやく気づくこと、それでもまだまだ気づいていないこともたくさんあって、あとから思うと赤面してしまうような恥ずかしいことが山ほどあるけど、この一年も、立派な大人になれるように、少しずつ精進していこう。優しいプレゼントたちとその贈り主のみなさま、本当にどうもありがとうございました。

また一年がんばりますので、どうぞよろしくお願いします！

ゆず工房

11月18日

高知から、無農薬の柚子、5キロ届く。
種以外は、すべて薄くスライスして柚子茶に。
煮沸消毒した瓶につめて、保存。
残りは、柚子のはちみつ漬けと、柚子酒。
作りながらお世話になったのは、EAGLES。

完成！

11月21日

ついに、『ちょうちょ』が完成した！

サイトもとても素敵に作っていただいたけれど、やっぱり、紙に印刷されたものを前にすると、格別な想いがこみ上げてくる。

一枚一枚ページをめくるときのドキドキ感や、真新しい紙の匂い。本っていいなぁ、としみじみ思う。

手にした瞬間、いい意味で、自分の手元から作品が飛び立って行った気がした。

あとはいろいろな人のこころに出会って、そこで役目を果たしてほしい。

かわいいカバーをめくったときの、茶色い表紙もすごくいい。

誰かの宝物になれるような、そんな存在になれたら、うれしい。

本屋さんで見かけたら、ぜひお手にとってご覧ください。

出版記念パーティ　11月25日

本当に素敵な時間だった。

もう2日も前のことなのに、いまだに幸福な夢を見ているみたい。

『ちょうちょ』の発売を記念して、製作に携わってくださったみなさんで、内々だけのささやかな会をしたいと思っていた。

大すきな人たちとひとつの作品を生み出せたことをしみじみ喜びたかったから、その場所しか思いつかなかったのだ。場所は、オカズさんち。

無理を言っておふたりのすてきなお家《うち》におじゃまして、会を開いていただいた。

まずは囲炉裏《いろり》でバーニャカウダ。

秋刀魚《さんま》がアクセントになっているあつあつのソースに、掘りたての地野菜をつけていただく。

次は畳の間に移動して、わざわざこの日のために見つけてくださったちょうちょのラベルのオーガニック白ワインで、再度乾杯。

お手製のグリッシーニはしっかりと粉の味がして、そこに、ひよこ豆のペーストと人参、生ハムが巻いてある。

そして、絶品のキッシュは、中に原木椎茸と地鶏のコンフィが入っている。

今まで食したキッシュで、ダントツ一番のおいしさ。塩加減が絶妙で、油っぽさが少しもない。

安納芋《あんのういも》と新牛蒡《しんごぼう》の天婦羅もまた、じっくりと時間をかけて揚げてあるせいで、素材のうまみが最高点まで引き出されてある。

柿と蕪のブリアサヴァランのサラダは、さらりとして、いい息抜きに。

山形から取り寄せてくださったという放牧豚のローストは、脂がまさにおいしく、オレンジの香りのアクセントがきいていて、みんな目が点になっていた。

日本酒を飲んでいた私たちのために出してくださった、自家製柚子胡椒をそえた風呂吹き大根も、しみじみと体がほどけるようなおいしさ。

大根の葉っぱのお結びも、思わずため息。

水菜のサラダも、ごま油の香りが忘れられない。

途中から、うれしすぎて頭がぼーっとなってしまう。まさかこんなふうに料理を作ってくださるとは思っていなかったから、感動して泣いてしまいそう。

こんなにすばらしいご褒美がもらえるなら、また作品を作りたい！

力強く、それでいて洗練された料理の数々をいただきながら、私の中に、次の作品への意欲がどんどんわいてきた。

そして、何よりもみんなと喜びを共有できたこと。

私って、なんて果報者なんだろう、神様にいっぱい感謝した。

最後は、甘さが心地よいさつま芋を使った焼き菓子と、究極のほうじ茶。噂のホットレモネード。

このお礼を、私はどうやったらすることができるかな？

おなかの底から大きい声で、どうもありがと――――。

お手紙

11月28日

もらってうれしいもの。

手紙。

ポストを開けたとき、きれいな封筒や手書きの宛名を見つけると、ほっこりした気分になる。

最近いただいた手紙たちを並べてみた。

どれも、その人らしさがにじみ出ていて、いいなぁと思う。

私も、美しい手紙を書ける人に、なりたい。

ストーブ

12月2日

今年はストーブを出すのが早かった。

灯油の値段は高騰中だし、トホホホホなんだけど、うれしいのは、ストーブがあるとそこでコトコト煮炊きができること。

大根もシチュウも肉じゃがも、鍋に材料を入れてただ火にかけておくだけでおいしくできる。

今年のお気に入りは、林檎。適当な大きさに切ったものを、WECKのガラス瓶に入れてストーブの隅っこに置いておく。

そうすると、中で蒸されて柔らかくなる。

冷めたら、ヨーグルトに入れていただく。

ストーブって、やっぱり好き。明日は小豆を煮てみようか。

ルビジノ

12月3日

桃源郷へ。おとなの遠足。

黄色い絨毯の真ん中に、ぽつんと建つのは、バトー・ルビジノ。

俗世から切り離されたような、しずかな空気の流れる場所。

ここは、アーティスト、前川秀樹さんのギャラリー&カフェ。

雨降る中、銀杏《いちょう》の葉っぱがはらりはらりと落ちるのを、おいしいチコリオレを飲みながら
窓越しにながめる。

時間を忘れて、ぼんやり、うっとり。

また、蓮田の花が咲く頃に、訪れたい。

はかまスカート

12月5日

数年前、古着屋さんで出会った昭和初期と思われる古い銘仙のキモノ。

柄がモダンなのと着心地のよさ、裏地の鮮やかな色彩が気に入って何度も着ていたのだけど、さすがに袖が長くて、そろそろ年齢的に着られなくなってきた。

矢絣《やがすり》の柄は女学生の制服にもなっていたみたいだから、もしかしたら、これもそうだったのかなぁ？　確か、数百円で購入したものだったと思う。

けれど、なんだかどうしても手放せなくて、いい方法はないかなぁ、と考えていた。

KOKO design office さんは、名古屋を拠点に、お母様とお嬢さんのおふたりで、とても素敵なお洋服を作っているブランド。

以前、近くのギャラリーで個展をされたのをきっかけに、すっかりファンになった。

着心地がよくて、さらりとおしゃれ。

着ていると、とても楽しい気持ちになる。

そうだ！　と思って、ドキドキしながら連絡をとった。

キモノの生地の状態を見ていただき、デザインを考え、サイズを伝え、そして完成。

その間、とても丁寧で美しいお手紙をいただいたり、約一月《ひとつき》、待っている時間がとても楽しかった。

そして出来上がったのが、「はかまスカート」。

ウェストが、まさに袴《はかま》の構造になっている。

素敵！

こんなふうになって戻ってきてくれるなんて、感動だ。

残った生地で、お母様がおそろいのスカーフも作ってくださる。

きっと、銘仙も喜んでいる。

おまかせ

12月9日

たとえばおすし屋さんに行ったら、店主のおまかせをお願いする。好き嫌いは別にして、魚の状態や食べ方は、私よりもずっと店主の方が知っている。

仕事で、たとえばデザインをお願いするときも、基本的にはいつもおまかせ。

作詞をした曲をうたっていただくときも、こういう歌だということも言わないし、ましてやこんな風に歌ってほしいなんて、絶対に言わない。

だって、向こうはその世界のプロだし、私がいろいろ注文を出すことは、結局私の延長にしかならないから、面白くない。

もちろん、強い信頼関係があるからできることだけど。

『食堂かたつむり』の装丁の見本が上がってきた。

美しくて、温かみがあって、優しい。

こんなに素敵なお洋服を着せていただいて、本当に感謝している。

これも、おまかせスタイルだった。

編集者さんにおまかせし、編集者さんは装丁家さんにおまかせし、装丁家さんはイラストレーターさんにおまかせし、結果、表紙のイラストを描いてくださったのは、私の大すきな、憧れの方。

リトグラフで、かきおろしてくださったものだという。

美しい連鎖に、本当にため息が出る。

表紙のおかげで、ぐんと作品の世界が広がった。

いよいよ来月には旅立ってゆく私の愛《いと》しい子。

素敵な装丁をしてくださって、本当にどうもありがとうございます。

風景

12月13日

散歩道の途中にある、古い家。平屋で、少し西洋風の趣がある。

玄関のすりガラス、三角の屋根、えんとつ、壁を覆うツタの葉っぱ。

ペンギンは、「おばけ屋敷」だと笑うけれど、私は好きだった。

人が住んでいないみたいにいつもひっそりとしているのだけど、夕方前を通ると、ぽつんと小さな明かりがついていた。

そして、家をすっぽり囲むように広がる、庭。

ぜんぜん手入れなんかしていない様子だけど、だからこそ、バラの花が生き生きしていた。

春になると大きな桜の木から道路にまで花があふれ、冬は、ピカピカの夏蜜柑《なつみかん》がなっていた。

こんな家に住めたらいいなぁ、と思っていた。

昨日、そこが更地になっていた。こんなに広かったんだ、とびっくり！
あんなにぼうぼうに生えていた植物が、すべて、消えていた。魔法みたいだ。
ぽつんと、井戸のポンプだけが残されていた。
大すきな風景だったのに……。
どんな人が暮らしていたのかは、結局、わからずじまいだった。

湯たんぽ

12月14日

夜の儀式。

お風呂を沸かす。鉄瓶のお湯を、湯たんぽに注ぐ。布団の足元に、湯たんぽをしのばせる。

お風呂に入る。お風呂から上がる。ストレッチをする。布団に入る。

そうすると、足元の辺りがほかほかと温まっていて、気持ちいい。

私が使っているのは、オーストリアで作られたゴム製の湯たんぽ。

紫の、毛布のようなカバーで包まれている。

トトロのおなかに足をのっけて寝ているみたい。

お湯は少しずつ冷めるので、寝ていて熱くなったりもしない。

ぬるま湯は翌日、顔を洗うときに使っている。

女性の品格

12月17日

今年最後のお茶のお稽古へ。

私を含め、5人中4人の生徒さんが、お着物だった。

みなさんの所作にみとれてしまう。

ゆっくりと丁寧になつめやお茶杓を清める人、ふくささばきが上手な人、美しい話し方をする人。

着物の選び方や着方も、それぞれの顔や雰囲気に合っていて、素敵だなぁと思う。

お茶の味もそうで、同じお抹茶とお湯を使って、量だってそれほど変わらないのに、点《た》てる人によってそれぞれ違う。わざわざ表立って「個性」を強調しなくても、みなさん、個性的だ。

今、『女性の品格』を読んでいる。

わかりやすく書かれたマナーブック。
当たり前だと思っていても、いざとなると、それが当たり前にできなくなったり。
せっかく女性に生まれたのだから、生き方も含めた「所作」の美しい人になりたい。
私にとって、お茶の先生は、まさにお手本にしたい女性。
来年こそは、もうちょっとお茶のお稽古にも力を入れようと思うのだが。

Tさん

12月19日

Tさんは、バスの運転手さんだ。Tさんの運転は、とても優しい。

お年寄りが乗ってこられたら、席に座るまでは発車しない。

誰かがバスを降りる際に後ろから自転車が走ってくるときは、「自転車に気をつけてください」と言ってくれる。混んでいるときは、降車の際、前のドアも開けてくれる。

乗り遅れそうになって必死で走ってくる小学生がいれば、多少時間が遅れても、待ってあげる。怖いくらいのスピードも出さない。けれど、のろのろ運転もしない。親切な人だなぁ、といつも思う。

出かけるとき、Tさんのバスに乗れた日はラッキーだし、帰りにTさんのバスに乗り合わせると、ホッとする。

Tさんみたいな運転手さんが、もっとたくさん増えればいいのに。

瞑想

12月21日

毎日していることに、瞑想がある。夜ふとんに入ってから、眠りの前に同じ言葉をこころの中で唱える。

最初は違和感のあった言葉たちが、だんだん、自分に馴染《なじ》んできて、今はとても普通にいえる。スリランカ仏教界の長老、アルボムッレ・スマナサーラ氏による教え。

その名も、「いつくしみの瞑想」。

これをするようになってから、本当に生きやすくなった。いいことも、自然とたくさん寄ってきてくれるようになった。

「いつくしみの瞑想」は、こんな感じ。詳しくは、スマナサーラ氏のご本を。

私が幸せでありますように

私の悩み苦しみがなくなりますように
私の願い事がかなえられますように
私に悟りの光があらわれますように
私の親しい人々が幸せでありますように
私の親しい人々の悩み苦しみがなくなりますように
私の親しい人々の願い事がかなえられますように
私の親しい人々に悟りの光があらわれますように
生きとし生けるものが幸せでありますように
生きとし生けるものの悩み苦しみがなくなりますように
生きとし生けるものの願い事がかなえられますように
生きとし生けるものに悟りの光があらわれますように
私の嫌いな人々も幸せでありますように
私の嫌いな人々も悩み苦しみがなくなりますように
私の嫌いな人々も願い事がかなえられますように
私の嫌いな人々も悟りの光があらわれますように
私を嫌っている人々も幸せでありますように

私を嫌っている人々も悩み苦しみがなくなりますように
私を嫌っている人々も願い事がかなえられますように
私を嫌っている人々も悟りの光があらわれますように
生きとし生けるものが幸せでありますように！

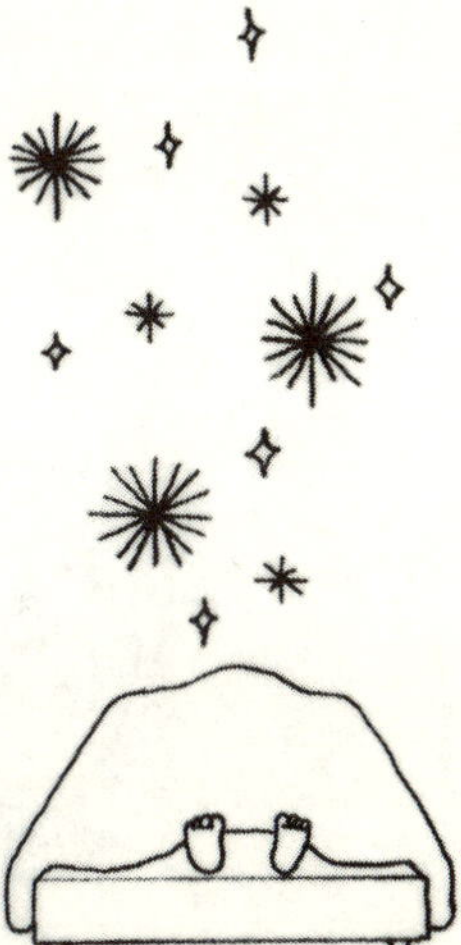

クリスマス

12月25日

子どもの頃、クリスマスが一年で一番きらいだった。クリスマスなんてなくなっちゃえばいいのに、と思っていた。

大人になって、その気持ちは和らいだけど、今年、私は生まれて初めて、クリスマスが楽しいと思えた。

だいすきな人たちと、ホームパーティをするのだ。プレゼントを持ち寄って、真っ暗な中、プレゼント交換。手作りのロールケーキ。真剣勝負の、トランプ。大人になって、こんなに楽しい思いをしたのは、久しぶりだ。

何より、みんなに料理を作っているときの、ふわふわとした幸福感が、私にとっては一番のプレゼントだった。

またやりたいな。今度は、プレゼントの額を、千円から、もう少し上げてもいいかも。

まつ

12月27日

クリスマスが終わったとたん、一気にお正月ムード。やっぱり日本の風景には、クリスマスのお飾りより、お正月のお飾りの方がしっくり馴染んでいる。

今年は、根引松にした。太いのを1本買ってきて、玄関先に飾る。急に、気持ちが引きしまる。最近よく、「待つ」ことって、大事だなぁと思う。

『食堂かたつむり』にしても、お話をいただいてから、1年半くらい時間が経っているけれど、結果として、最高のタイミングで出させていただけるし。

私の場合、自分から何かをしようと思って、強引に事を進めようとしたものは、結局、あまりうまくいかないことが多い。だから、私はひたすら待つことにした。

待っていれば、自然に物事がふわりと風に吹かれて、気づかないうちに、いい方向へ運んでくれる。来年も、流れに流されるまま、たくさんの幸せを、静かに待っていようと思う。

この本を手に取ってくださった
読者の皆様と、
制作に関わってくださった
すべての方々に、
心からの感謝を申し上げます。
どうもありがとうございました！

本書はブログ「糸通信」を加筆・修正した文庫オリジナルです。

ペンギンと暮《く》らす

小《お》川《がわ》糸《いと》

平成22年4月10日　初版発行
平成27年4月1日　5版発行

発行人――石原正康
編集人――永島賞二
発行所――株式会社幻冬舎
〒151-0051東京都渋谷区千駄ヶ谷4-9-7
電話　03(5411)6222(営業)
03(5411)6211(編集)
振替00120-8-767643
印刷・製本―中央精版印刷株式会社
装丁者――高橋雅之

幻冬舎文庫

ISBN978-4-344-41452-5　C0195　お-34-1